Tusenårsvinteren

Av

Ronny Hansen

Tusenårsvinteren

Denne boken dedikerer jeg til min familie, men den som skal ha størst ære for at dette har blitt en virkelighet er min kjære Anniken. Takk for at du ga meg motet til å skrive, noe jeg bare har drømt om. Og takk for all støtte du har vist meg igjennom livets opp og nedturer. Takk for at du hadde troen på meg, og valgte å elske akkurat meg.

Ronny

Og bare for ordens skyld. Boken er basert på fiktive personer og hendelser, men stedene er virkelige, dette for å gi en følelse av ekthet, og lokal interesse for nærmiljøet.

Min norske Vinter er saa vakker;
De hvide sneebedækte Bakker,
Og grønne Gran med puddret Haar,
Og trofast Iis paa dybe Vande,
Og Engledragt paa nøgne Strande;
Jeg bytter neppe mod en Vaar.

Nu Dalens muntre Sønner glide
Paa Skier ned fra Fjeldets Side
Saa rask som Piil i Luften fløi,
Nu let paa Skøiter de sig svinge,
Nu Kanefartens Bjelder klinge,
Og Øret dirrer af den Støi.

Fra Fjeldets Gruber Malmen kjøres,
Og Mastetræ til Stranden føres,
Og Kulden selv gir Farten Liv,
Og Snee paa Fjelde Veien baner
For norske Bondes Karavaner.
Flid er min Landsmands Tidsfordriv.

Men vi, som Tid med Spøg fordrive,
Og Vennelav med Sang oplive
I varme Sal ved breden Bord,
Vi drak, om vi ei kunde andet,
Skaal for den første Stand i Landet,
Som pløier Hav og dyrker Jord.

Held følge den, som Malmen bryder,
Hvor Jordens haarde Barm frembyder
Forborgen Skat til flittig Haand!
At trodse Død og Storm og Kulde,
At være fri men Kongen hulde,
Det er den norske Bondes Aand.

Han skaber ikke Porceliner,
Og ei bereder hede Viner,
Men for hans Sveed vi kjøbe dem;
Han bygger vore Huse tætte,
Og Vildt, som vi med Smag anrette,
Han bringer os fra Skoven frem.

Fred hvile over Kuldens Bolig!
Der sidder raske Nordmand rolig,

Beskjermet mod hver Uvens Vold;
Og den, som turde Freden bryde,
For sildig skal den Kamp fortryde;
Vi føre Frihed i vort Skjold.

Om Alting fryser her i Norge,
For Venskabs Varme tør jeg borge;
Thi der er Ild i Nordmands Bryst.
Kom, Broder! kom, men uden Kulde,
Hverandre indtil Døden hulde,
Syng Venskabs Skaal med mandig Røst!

Johan Nordahl Brun

Intro

Kulde, frost, smerte, sprengkulde og mengder med snø. Hundreårsvinteren har det blitt sagt, eller var det tusenårsvinteren? Vinteren har i hvert fall vært bitende kald og mørk, men nå går det mot vår. Vinteren har holdt sin kalde hånd over landet i noe som kan føles som en hel evighet. Folk har vært i dvale, men begynner nå endelig å komme til sin rett igjen. Mørket har gjort mange tunge til sinns, veldig tunge. Men nå, nå skal energien og motet komme tilbake, med en luft som varmer våre sinn og kropper. Det er nå vi skal begynne å leve igjen, det er nå vi skal spire...

Det er en kveld i begynnelsen av mars, den uberegnelige måneden. Luften er kjølig, noe som merkes tydelig på tåken som kommer ut fra dampende kropper. Stjernene er kastet på himmelen som små krystaller, og månen stråler ut sitt kalde lys. Det virker som om vinteren nekter å slippe sin kalde hånd over landet, våren virker fortsatt langt unna. Våren må virkelig ta på seg krigshanskene for å kjempe mot mengder med snø og is som ligger som et jernteppe over landet. Hedmark har hatt en av sine lengste og kaldeste vintre på lenge. Folk har pakket seg inn etter beste evne, mens vårklærne som ligger i skapet skriker etter luft. Bilene oppfører seg som gamle dyr som hoster seg fremover på ~ veiene og orker bare det de må. Men nå er det kveld, og bilene har fått seg en hvil, folk sitter hjemme for å få varmen i frosne sjeler atter en gang.

 En mann haster av gårde langs fortauet, det er stille rundt ham, ingen biler, ingen mennesker, bare et ubetydelig lys fra lysene langs veien kan se ham. Han går fort og virker utilpass, den brune Bergans jakken er tredd godt opp under haken, virker urolig, stresset. Han ser seg om fra side til side, fortsatt helt alene, ingen øyne som følger ham. Det knirker under bootsene hans av frossen snøslaps. Han konsentrerer seg for ikke å tråkke feil, falle. Han føler han ikke er alene, han føler noen passer på ham, men hvem? Nervøs... tar seg til pannen, stegene blir lengre, satser mer selv om det ikke er lett å få fotfeste. En hund bjeffer, men fra hvor? Det er for mørkt til å se noe, gatelysene virker mer blendende enn hjelpende. Mannen stopper, lytter. Ser nedover gaten og oppover gaten.. helt stille... men følelsen er der og den er ubehagelig.

1

Klokken piper som ett infernalsk ul fra en annen tidsalder. Det trenger igjennom hud og hår. Trommehinnene har virkelig fått dagens sjokk, men øyenlokkene er ikke helt klare for hva som skjer. Det er for tungt, var det dagen i går som gjorde dette så forbannet tungt? En øl ble til en del mer. Pokker at man ikke kan lære... etter den søte kløe kommer den sure svie. Kroppen føles tung, er ikke noen ungfole mer... verker litt her og der.
John Nor har passert 35, og har sett sine beste dager, kroppslig. Treningene er forlengst byttet ut med latskap. Men tross sitt slitte ytre, funger det indre optimalt. Selv om han i ungdommen gjorde noe han angret bittert på, å flytte fra den bløde kyststriben og opp i svarte skogen. Hvorfor? Jo ville jo lufte vingene som alle andre, men vingene fungerte kun en vei, og det var ikke noen reklamasjonsfrist på dem.
Men nå er han her, Hamar... en grei plass i grunn, akkurat passe stor, kan se ut over Mjøsa når han selv måtte ønske det.

Klokken er syv, og ute er det kaldt og skodden ligger lavt. Dette frister mer til å holde sengen enda en stund. John setter seg på kanten i senga, setter forsiktig tærne i gulvet, bare for å unngå å la kroppen få kulde sjokk med møtet med det kalde gulvet. Varmekabler, pokker at han ikke satte inn det da han pusset opp, men alt for å spare penger, spare seg til fant. Var jo ikke hans feil at banken skal ha tilbake med renters rente. Nei tøfler er en billigere investering. Utenfor vinduet ser han utover endeløse hvite jorder. Garasjetaket holder på å knekke under vekten på all snøen som er kommet i vinter. Grøsser over tanken på å gå ut å starte en kald bil. Vil heller holde sengen, legge seg under den gode varme dynen, ligge tett inntil sin kone. Kjenne hennes varme nakne hud inntil sin. Ligge og høre på hennes rolige pust, kjenne pusterytmen trenge seg godt inn i kroppen sin, for så å kunne lukke øynene, glemme maset og bare nyte.

Men det var mandag, og han måtte på mandagsmøtet på krimavdelingen. Ikke det at det har skjedd så mye i vinter, selvfølgelig om man ser bort fra den grufulle Alvdal saken. Han bare grøsser ved tanken. John strener inn på badet, en varm dusj er tingen. Han ser seg i speilet, spør seg selv hvor lenge han orker å se elendighet. Hvor lang tid tar det før elendigheten han opplever på jobben eter ham opp innvendig? Han titter ned i vasken, ser på ringene som vannet har laget, tenker på havet, sol, varme, bekymringsløshet. Han skulle gitt mye for å komme seg langt bort, legge bort ti års arbeid med mord og kriminalitet. Vil bare ha det godt, slippe bekymringer, slippe tæringen på psyken. Han hører alarmen fra soverommet, og hører Jenny kle på seg. Han blir lettere til sinns, forventningene til og bare å se sin kone får vonde ting til å gli bort. Han smiler og tenker: -Dette er den første dagen i resten av ditt liv Nor.

Den mørke sødmen fra kaffen var fortært og dagens andre sigarett var tatt da Nor endelig hadde kommet seg inn i sin forfrosne bil. På radioen ljomet det i Loven & Co. Musikken var den samme som hver dag på Radio Norge. Blant sine hundre sanger så var det vel ikke så mye mer å forvente. Men som så mye annet var det blitt til en vane. Geir Schau sin grovis er å strekke den helt til ytterkantene, men det får munnen til å trekke seg oppover. Henriette sin myke røst, blir bare avbrutt av en eskalert skrikende latter fra henne selv. Og Loven med stoisk ro, og noen sprell drar det hele i land i dag også, før Queen overtar.
På nyheten er det prat om uro i verden, og det evinderlige maset om strømpriser her i landet.
Det er som å høre på reprisen fra i går.

Nor parkerer utenfor politistasjonen på Vangsveien på Hamar.
Bygget ser ut som en stor grå legokloss. Ikke det mest
arkitektriktige prosjektet mente Nor. Men det har da fått stått i
fred i de to årene det har vært der. Møtet er som vanlig holdt oppe
i tredje etasje. John tar litt kaffe fra ståltermokannen midt på
bordet. Ikke den beste kaffen som er blitt laget, men den er svart
og lukter kaffe.

John setter seg ned på enden av langbordet, og har da fritt utsyn ut
eller på avdelingssjefen. Alt etter ønske. Møtet er som vanlig.
Sakene sist uke blir gjennomgått, og effektiviteten på avdelingen
blir tatt opp. Dette med å spare er en gjenganger. Nor ser ut av
vinduet på himmelen som nå har blitt blå, drømmer seg bort fra
spørsmål om kostnader og tyveriet av den lokale kiosken.

-Nor! Stillheten blir brutt av Nilsens tynne skrikende stemme.
–Som avdelingssjef er jeg avhengig av den rapporten på pulten
min. De sitter i Oslo og lurer egentlig på hva vi driver med her
oppe. Nor prøver å komme tilbake til rommet igjen etter
drømmeturen: - Du skal få så mange rapporter du vil, men... Nor
blir avbrutt av telefonen som kimer. Han går ut i gangen uten å få
bekreftelse fra Nilsen på at det er okay.
- Ja det er Nor.

I den andre enden hører han stemmen til kameraten sin fra politihøyskolen, Per Andersen. Andersen var typen som var høyt og lavt til enhver tid. Og hadde energi som en duracell kanin. Han jobbet nå for politiet på Kongsvinger, en litt mindre enhet en Hamar kan man si, men på Kongsvinger er narko problemet enormt. Så tiden står ikke stille.

- Hei John, alt vel oppi der?

- Alt bra med meg, enn med deg?

- Jo med meg er det bra, tenkte bare jeg skulle høre åssen det gikk med deg. Ikke overarbeidet?

- Nei kan ikke skryte på meg det, stille faktisk, vinteren kan nok ta æren for det. Ingen våger å gå ut av sine hjem engang.

- Jeg ser den, har hatt litt å gjøre her med den samme narko gjengen nede ved stasjonen. Men klart de er ikke akkurat i flertall pga kulden.

- Nei kulden er vel ett problem for alle, selv kunne jeg ønske meg bort til varmere plasser akkurat nå.

- Ja du får si fra, så kan vi ta oss en heisa tur som i gamle dager. Uansett får vi jo møtes en dag, om ikke øl så finnes det sikkert en god kaffe en plass. Har en ting jeg skulle snakket med deg om, men det haster ikke nå. Jeg får løpe, vi prates.

Klikk sa det i telefonen og bare stillheten kunne høres.

Møtet var ferdig og Nor ruslet inn på sitt enkle lille kontor. Han hadde ett vindu vendt ut mot gaten, en enkel pult med en laptop på. På veggene var det ikke stort bortsett fra en hylle med røde og blå permer. En to seters sofa stod ved døra, han hadde hatt mange hvile timer på denne opp igjennom årene. Jenny hatt spurt ham hvorfor han ikke vil gjøre det litt mer koselig for seg selv her inne, men svaret han hadde gitt henne fikk henne til å skjønne at hun var savnet da han var på jobb. Han ville ikke være her mer enn nødvendig, han ville hjem til henne.

Det banket på døren og inn kom Torstein. Torstein var seks år yngre enn John. Han var ca 180 høy, lettbygd. Men han var en tøffing, selv om det ytre ikke ga ham noen fordeler. Han snakket rett fra leveren, og i noen sine øyne en liten villstyring. Men Nor likte ham, de komplimenterte hverandre på en måte på grunn av sine ulikheter. Torstein var typen som likte å tøye reglene helt i grenseland, men i 99 prosent av tilfellene holdt han seg på rett side av loven. Den siste prosenten var mellom Nor og han selv. Torstein slang seg ned i sofaen, med den ene foten over kanten, og den andre trygt plantet på bakken. En lettere henslengt sekk så han ut som.

- Jeg blir så forbannet John. Av og til er det nesten som jeg eksploderer.

- Hva?
- Den forbannede Nilsen og disse forbannede rapportene han maser om hele tiden. Pokker heller, vi er jo politi, vi skal jo knekke kriminelle, narkofolk, overgripere og drapsmenn. Jeg driter vel i noen forbannede kostnadsrapporter for hvor mange timer vi jobber, eller at lunsjen i kantina er for dyr. Han Nilsen er en forbannet kontorrotte og bokorm. Akkurat nå har jeg lyst til å jage opp noen drittsekker og gi dem jernet for pokker.
- Slapp av Torstein, hører du hva du sier? Vi kan ikke gjøre noe med Nilsen, han er den han er. Tærer det på deg at det har vært en stille vinter kanskje?

Torstein titter tomt opp i taket, strekker litt på skuldrene: - Rastløs er ett utrolig godt ord for hva som rører seg under topplokket. Nor titter på ham og skjønner hva han mener, merker følelsen av rastløshet. Den knytende, og fortvilende følelsen som tar over kroppen. Dystre tanker: - Med våren kommer mulighetene Torstein, med våren.

Torstein gliser lurt, reiser seg opp: - Går og tar meg en svart en, gjerne tjukk som graut.

John smilte, og tittet ut av vinduet igjen, drømmende...

2

Hvorfor er mennesker så vennlige i det ene øyeblikket for så å være så falske i et annet? Hva har jeg gjort for å kjenne på den smerten jeg har. Hvorfor skal smerten spise meg opp innvendig? Den er som små mark som borer seg inn i alle cellene i kroppen og formerer seg, kvalmen kjennes langt ute på tungespissen. Jeg vil ikke ha denne smerten, men jeg er ikke redd for å påføre smerten til andre, slik at de kan kjenne hvordan det føles å bli spist opp innvendig. De kalde øynene glødet i det kalde mørket, og rynkende rundt dem smilte triumferende.

Det var kaldt, jakken klarte ikke å holde kulden ute, og bootsene var ikke ment for å klare slike dager. Nervøsiteten var gått over til skjelving. Varme måtte ha varme. Pokker det er kaldt.

Han tittet rundt seg, fortsatt nervøs, det var noe der som han ikke kunne svare på var. Var det noen som fulgte etter han, så på han eller var det bare fordi han var så innmari mørkredd at frykten spilte ham ett puss? Hvorfor gikk det ikke noen buss? Pokker ta hele regjeringen og samferdselspolitikken deres. Dette er bygda og ikke Oslo. Det er ikke trikk, tog, T-bane eller Taxi, det er jo så vidt det går skolebuss her.

Tærne føltes som ispinner nå, kanskje de til og med var svarte? Orket ikke tanken på å se akkurat det nå.

Hva var det? Det var noen der, han hørte da tydelig en lyd. Var det bare trærne som sprakk pga kulden? Der var det igjen... nei det var ikke trærne. Hva pokker var den lyden. Må gå, må gå fortere, men det var ikke lett da bena ikke ville lystre og mørket slukte ham. Lysene han hadde fått hjelp av tidligere var bak ham. Her var det bare mørke, ett evig mørke. Ett kaldt mørke. Herregud hvem tar ikke med seg lommelykt oppi her... jo han. Idiot.

Han følte at han gikk på en vidde. Husene var godt plassert borte fra veien han gikk på. De snørike jordene la seg mykt rundt husveggene, litt fremme var det ett skogholt med noen trær på hver side av veien. Gangfeltet var forlengst borte, og han balanserte på den hvite stripen på veien. Månen hjalp ham med litt sikt, akkurat nok til at han kunne skimte den svarte asfalten mot det hvite teppet på sidene.

Han stoppet igjen... måtte lytte. Bare stillhet. Hvor var all trafikken? Det pleier jo å være en del trafikk her. Hendene hans var stive og kalde. Hadde ikke engang hansker på seg. Han knuget pc-bagen godt inntil kroppen. Det føltes som om stroppen bare grov seg godt inn skulderen på ham, på grensen til ubehag, men det var bare barnematen mot kulden. *Tusenårsvinteren.* Potetmel? Det hørtes ut som noen hadde en pose med potetmel. Som barn brukte han potetmel for å etterligne lyder av å gå i snø. Ja det var det han hørte, det var noen der. I snøen. Han stokket bena sine sammen, gikk fort, begynte å småløpe. Han kunne sverge på at lyden var nærmere, på siden av ham... fra jordet. Tuuuuuut, lyden var enorm, den brøt stillheten som ett jagerfly. Hjertet hoppet over ett slag, en svetteperle på pannen kom til syne men ble umiddelbart til en liten is krystall. Toget, herregud det var bare toget.

Ahh.. en stikkende smerte kjentes ved akkilesen. Det ble brått litt varmt før smerten overtok all fornuft. Forbannet... Han så ned på bakken bare meteren bak seg, en issvull stod hånende imot ham. Nesten som om den stolt feiret seieren over å ha gitt ham et overtråkk. Det var smertefullt og benet nølte mot resten av kroppens ønske om å gå fortere. Han stoppet for å kjenne på foten. Den var varm, en varme som verket. Lyden igjen... herregud... hva er det? –Hallo! Er det noen der??!!! Ikke noe svar, men han var sikker på at det var noe der. Han var redd... blodet pumpet... øynene vidåpne, pupillene utvidet. Han tok hånden ned i jakken og fisket opp mobilen. Med forfrosne fingre slo han ett nummer. Displayet lyste opp hans skremte ansikt, han tok telefonen til øret. Stille. Han tittet på displayer, ikke nettverk. Er det mulig? Ja på bygda er vel alt mulig, fortvilet la han telefonen tilbake i jakken mens øynene speidet rundt i mørket i håp om å få se lyset atter en gang. Der fremme så han det, et lys fra et vindu, fra et hus. Han måtte komme seg til det huset, gå mot lyset. Kjenne varmen og få låne en telefon.

Han haltet mot trærne langs veien, huset lå omtrent 40 meter fra veien innenfor ett jorde. Det var folk hjemme. Han kjente lukten av brent ved fra ovnen. For en herlig lukt. Lukten som man kan assosiere til varme, en stol, ett pledd, en kopp kakao foran en knitterende peis eller svart ovn. Det er glede det. Bare å høre sprakingen.

Han slappet av i ansiktet, senket garden sin, og fikk ny glød. Måtte komme seg inn til varmen. Enda en lyd sendte ham tilbake til virkeligheten. Blodet bruste på ny. Hjertet dunket så intenst at det kunne alene løpt før ham. Bare 50 meter til trærne før veien mot huset. Han innbilte seg at han skremte seg selv ut av dimensjoner, det var sikkert bare ett rådyr eller en liten rev. Han prøvde å le inni seg, men det ble for anstrengt. Hele kroppen var spent. Og smerten.. smerten fra benet var overveldende. Foten er sikkert helt blå nå... Men bare noen meter igjen.

Svusj... hva var det.. noe føk rett over hodet på ham, han kunne sverge på det. Kanskje en forvillet fugl som ikke har skjønt det med sprengkulde? Fy hvor mørkredd han er... kjenner frykten i seg fra da han var liten. Herregud veien er så lang. Hvorfor meg... kjære Gud hjelp meg... gi meg styrke... Gud? Han pleide da aldri å be til gud om noe... hadde frykten for mørket tatt ham så hardt?

Han lukket øynene, tenkte tilbake til barndommen. Sommerene på hytta, gleden over skogen og vannet, fiske, lek, bading og gjemsel.

Herlig... varme med solen høyt på himmelen. Helt til mørket kom... mørket var ingen venn for ham. Han likte ikke skogen rundt hytta da den var badet i mørke. Frykten satt igjen var skumle historier og skumle lyder. Han husket at noen kvelder måtte han ligge med lyset på, særlig de kveldene vinden ulte i veggene. Da var lydene ekstra ille. Skremmende. Trærne ble levende.. kom for å ta ham. Gud så redd han var. Den følelsen har han ikke hatt på mange år, men nå var følelsen der igjen. Frykten, redselen.. han kjente at fortvilelsen presset på... til tårene.. herregud han er da voksen, hvem gråter for mørket. Skjerp deg mann, skjerp deg. Vis at du er tøff, ha litt ære... JA... nei klarer det ikke klarer ikke å være sterk... neeeeiiiii.

Tiden står stille.
Rommet kommer bare mot meg

klemmer meg.
Hvisker ensom, ensom.
Drar meg ned i skiten,
holder meg der nede.

Hodet sitt indre skrik sendte ham tilbake til vinteren igjen. Og frosten tærer på ham som en gribb i ørkenen. Dro hver sene fra hverandre, rev ham i fillebiter. *Isende... is... tusenårsvinteren...*
Drømmene flimrer foran meg,
som i en skrekk film.
Drar meg med tilbake i tiden,
finner de mest skremmende tingene.
De liksom leker med meg
og erter meg.

Han stod stille nå... bena ville ikke lystre, hodet jobbet på overtid... tankene var bare ett eneste stort rot. Han følte seg motløs, rådvill, frustrert og ikke minst redd.
Der var lyden igjen. – Hallo, svar da vær så snill... jeg vet du er der!!! Han følte seg som ett spedbarn... nakent, redd, ubeskyttet.
De roter i magen min.
Pirker i restene
fra i går.

La dem fordøyes nå, for all tid!
De hører ikke,
løper av gårde i sine egne ringer,
sine egne baner.

Endelig der var veien inn mot huset, han kunne kjenne varmen mot kroppen. Den lune gode varmen. Lykke, på nytt kom håpet og gleden.

Plutselig vrir han hodet til høyre mot skogen, det var noe der, han kunne se noe. Panikken kom igjen. Herregud rop da mann, eller gjør noe. Eller vent det kom noe fra venstre han hørte noe. Plutselig kjente han en smerte bak i ryggen, i mellom skulderbladene. Noe som skar seg inn. Gnisset på benene i kroppen. Bena ville ikke holde ham oppe, han sank ned på kne. Han ville skrike men orket ikke. Det var for tungt. Han kjente varmen bre seg, frykten ble til forundrethet. Hva hadde skjedd? Hvem var det som var der ute mellom trærne? Han er lammet... kjenner at han blir dratt i mot skogen, men ikke av noe menneske hender, det er som om han blir tauet fra ryggen. Klarer ikke å vri hodet... klarer ikke noe... frykten er borte… alt blir lyst…

Mens jeg liker dagen
med sol og skyfri himmel.

*Jeg er bare,
lykkelig uvitende*

3

Sola skinner fra knallblå himmel. Gradestokken viser for første gang siden i fjor ett par plussgrader. Med ett virker ventetiden på våren kortere. Snøen smelter og sildrer ned fra takrennene der det er muligheter for vannet å komme. Kom sol.. vis deg fra din beste side.. Frihet.

John Nor har akkurat satt seg i bilen og er på vei hjem. En ny arbeidsdag er over, og dagen har gått med til budsjetterte rapporter. Tørre og trege ting. Men Nilsen slipper å sitte på skuldrene hans som en papegøye. John merker at med solen og den lille vårfornemmelsen så kommer lysten snikende. Lysten på sin kjære Jenny. Han kan se henne for seg der hun står. Med sitt herlige smil, sine myke hender sin herlig formede kropp. Han gleder seg til å komme hjem.
Han kjører nedover langs Glomma, og tenker tilbake på sommeren som var. Og det yrende båtlivet på Mjøsa Han har aldri eid båt selv, men som en utvandret sørlending så ligger nok akkurat det med båt i blodet. Nor skrur ned klimaanlegget i bilen,

sola varmer godt og han tar av seg jakken, og åpner en knapp i skjorten. Han drar den ene hånden igjennom det lyse håret så det frigjøres fra pannen. Sol og sommer, det er tingen tenker han og smiler. På radioen så er det nyheter. Fortsatt det evige maset om strøm, og master i Hardanger. Pokker for ett mas. Verdens rikeste land gjør alle oss andre fattigere. Strøm er svindyrt og bensin er over 14 kr literen. Nei avgiftenes land. Og vi i politiet må spare på alt. Det er ikke mulig, men dessverre er det akkurat det det er. John setter inn en cd istedenfor, Vassendgutane ljomer i bilen. Lett musikk med futt i. Han smiler og synger med til teksten på en ungkar med dobbeltseng.

Han stopper ved butikken for å kjøpe med seg noen nødvendigheter som Jenny hadde spurt han om. Det er kø i kassene, kø er han ikke noe glad i. Han vil bare fort inn og ut igjen som andre menn. Det finnes mer i livet enn å stå i kø. Han plukker med seg noen friske blomster til Jenny. For som han tenker så er det altfor sjeldent at han viser henne denne gesten. Vel hjemme så tar han seg en røyk ute ved garasjen. Puster inn den friske luften sammen med den usunne. I hodet hans innbiller han seg at det blir det samme som den usunne luften i Oslo. Snakk om å lure seg selv.

I det han åpner døren kjenner han den herlige duften av hvitløksbrød. Jenny er i full gang med å dekke bordet. Lasagne og hvitløksbrød er ingen uting. John sniker seg inn bak henne og kysser henne på kinnet. Hun snur seg imot ham og smiler og gir ham ett langt sensuelt kyss og ber ham om å sette seg så han kan få seg litt mat. Han gir henne blomstene, og hun smiler lurt og spør: - Har du gjort noe galt nå? John ler og rister på hodet, det var akkurat det han hadde forventet å høre.

Etter maten går John ut på verandaen og ser på den siste resten av sol. For en herlig avslutning på dagen. Inne er Jenny i gang med å lese en bok, så John skrur på tv-en for å finne noe som ikke har noe med elendighet å gjøre.

Jenny legger fra seg boken og går på badet for å ta en dusj. John hører vannet skrues på og Jenny går inn i dusjen. Han går frem til døra og banker på. Han får svaret han ønsker: - Kom inn å bli med meg. Han åpner døra og ser henne naken foran seg. Og det er noe han aldri blir lei av å se. Han tar av seg klærne og går inn i dusjen. De vasker hverandre og kjærtegner hverandre. Han stryker henne nedover ryggen, over hennes bryster og tar håret hennes vekk fra ansiktet. Hun smiler.

Etter dusjen går de inn på soverommet og fortsetter å kjærtegne hverandre, og elske med hverandre. John er lykkelig, og blir lykkeligere av å se Jenny smile.

Morgenen etter så er den rutinen som gjelder igjen. John lager seg en kaffekopp og går ut for å ta seg en røyk. Han kan høre telefonen ringe. Han går inn og henter telefonen. Det er Torstein.

- Hei John. Vi har fått inn en melding om en forsvinning. Den har gått til alle lensmannskontorer i Sør-Hedmark. Det gjelder en Kåre Abrahamsen. Han kom ikke hjem i forigårs. Kona hans ringte inn for en halvtime siden.
- Hvor er dette?
- Vi møtes på Kvisler på utsiden av Flisa. Det er ikke langt fra kirken.
- Greit, sees om en time.

John gjorde seg klar, tok en telefon til kontoret for å prøve å få litt mer info, men det var ikke mer å hente foreløpig.

John kjørte til Kvisler som ligger på vestsiden av Glomma. I ett eldre hus fra 1920, med en falleferdig låve på utsiden ventet Torstein. De går sammen opp til døra og ringer på. Døren blir åpnet av en pen dame tidlig i 50 årene, med tydelige furer i ansiktet etter tidens tann. Hun er slank, har på seg en strikket genser, og lyse bukser. Hun presenterer seg som Beate, kona til den forsvunnede. Huset er pent, nyoppusset i senere tid. Parkett på gulv, med varmekabler som John hadde latt være hos seg, han angrer da han kjenner den behagelige varmen under føttene.

Veggene er panelerte lyse, med shabby chic stil. Rent herskapelig. De setter seg på kjøkkenet, ett vakkert rustikk kjøkken, med god takhøyde. De får servert hver sin kopp med kaffe, fra den flotte kaffemaskinen som maler bønnene per kopp. En smak av himmel. Fru Abrahamsen titter ned i gulvet. Nor betrakter henne og spør: - Vi fikk en melding fra dem om deres mann, jeg lurte på om du kunne hjelpe meg med en beskrivelse av ham, hva han sist gikk med? Og om du har ett bilde vi kan få?

Abrahamsen titter opp: Jo.. ja. Han er 175 høy, veier omtrent 70 kilo, kort mørkt hår og har ett mildt ansikt. Hun tok en pause, lukket øynene. Det han reiste med hjemmefra var en brun jakke, Bergans, boots, mørk bukse. Jeg var litt sint på ham den morgenen for han tok ikke med seg hansker eller noe slikt enda så kaldt det er. Huff tenk om han fryser... en ny pause… og en ting til, han hadde en sort pc bag med initialene sine på K.A.

Torstein noterte ned det som ble sagt, og Nor fortsatte: - Hvor skulle han?

- Han skulle på jobb på arkitektkontoret på Kongsvinger, sa hun.
- Pleier han å jobbe overtid? For eksempel er det noen netter han ikke kommer hjem?

- Ja av og til så er det noen prosjekter som haster. For å være ærlig den første natten trodde jeg det var bussen han ikke hadde rukket. Prøvde å ringe han på mobilen, men fikk beskjed om at det ikke var dekning. Kontaktet arbeidsplassen hans og der var han ikke. Så det har jo gått to dager. Herregud Kåre, hvor er du!! Hun sank sammen og tårene presset på.
- Vi skal finne ut av det fru Abrahamsen, men du sier han tok buss?
- Ja han likte bussen, en halvtime i fred og ro som han sa. Han pleier å gå av på østsiden ved Arneberg, og gå over hit da det ikke er busstrafikk her.
- Hadde dere noen problemer, spurte Nor.
- Nei ikke mer enn andre, vi har jo vært gift noen år. Og sine egne meninger har man jo. Han var en snill mann.

Hun tittet tomt ut av vinduet, så ut som en ensom trekkfugl som hadde forvillet seg bort i noe den ikke klarte å komme ut av. Hun virket enda gråere i ansiktet, fortvilelsen hennes var enda større. Nor betraktet henne, og prøvde å innbille seg hva hun følte nå. Torstein noterte flittig
ned i boken sin, og nikket over til Nor. John nikket tilbake og ga fru Abrahamsen sitt kort. Ta gjerne kontakt uansett hva, sa han, og en siste ting navnet på arbeidsgiveren hans?

Beate Abrahamsen, hentet ett kort som hun ga til John, her, det ligger i Storgaten. Pruesens Arkitekt forening, og her er ett bilde av ham som du spurte om.

- Tusen takk fru Abrahamsen. Vi tar kontakt med dem, og som nevnt ring meg heller en gang for mye enn en for lite.

Beate fulgte dem til døren, fortvilelsen lå langt utover henne. Nor bet merke i den grusomme følelsen hun måtte ha.

Torstein reiste til Hamar for å videreformidle infoen til de lokale lensmannskontorene i regionen, mens Nor dro til arkitektkontoret. Han kunne ønske at Kongsvinger kontoret kunne ta denne saken, men de hadde nok med smuglingen som pågikk i stor skala på grensen i Eda.

John parkerte ved rådhusteateret på Kongsvinger, gikk bort til parkometetert for å betale. Kongsvinger er den plassen i Norge som er mest hissig på å få inn kroner for å parkere, det finnes ikke en plass hvor det er gratis lenger. Han la lappen i ruta, og låste bilen.

Kongsvinger – handlekraftig regionsenter i vekst, er slagordet til Kongsvinger. Med nærmere øyesyn så er veksten på størrelse med å se gress vokse på steingrunn. Byen virker litt glemt her og der, med gamle triste murbygninger, som ser ut som noe tilfeldig oppsatt. Litt nord finner man igjen sjarmen med Øvrebyen, stedet rundt festningen, som er en ren trehusbebyggelse som ble satt opp på 1700 tallet. Her lå også byens gamle torg med Vinger kirke som omkranser den. Følelsen av Øvrebyen minner litt om de lange gatene ned mot sentrum i Arendal og det yrende livet om sommeren. Alt i alt så har historien om Kongsvinger facinert Nor, alt fra betegnelser i sagaer, blant annet sagaen om Håkon Håkonsson, til unionen med Sverige, og ikke minst 2.verdenskrig med Max Manus sin jobb for friheten her. Nor tenkte igjen om historien og glemte tid og sted rundt seg. Ulende sirener fikk ham tilbake til virkeligheten igjen, og han så sykebilen dundre mot sykehuset 400 meter unna. Han tittet etter bilen og kunne bare innbille seg hva som hastet denne gangen, og gikk inn inngangen til arkitekt kontoret.

Det var høyt og luftig under taket, skifer i ulike nyanser var kontrasten mot det lutete taket, det virket nakent og tomt, minimalistisk kaller man det vel, tenkte han med seg selv. Alle disse flotte utrykkene var han ikke helt komfortabel med, men han gjorde da ett ærlig forsøk på å bruke dem med fare for og bli latterliggjort.

Rett til høyre for inngangen satt det en dame i tyveårene. Håret var sort, og det var stramt i nakken med en rød knute med kinesiske tegn i gull og briller som markerte ansiktet hennes på en liten nese. Hun var i følge tiden, moteriktig business kledd, med nøytrale farger, og ren fremtoning. Etter det Nor kunne bedømme fra sin egen mening, var det en vakker kvinne. Han gikk frem og presenterte seg, så av skiltet på pulten at hennes navn var Marit Jensen. Hun så på ham, med øyne som virket lettere uinteressert i denne type mann, hun tok en telefon, og henvendte ham videre opp trappen og inn på et kontor.

De hadde ikke mye informasjon til John, bortsett fra at han hadde vært på jobb her den aktuelle dagen angående ett prosjekt som måtte bli ferdig innen mandag, og at det var meningen han skulle komme innom på søndag for å gjøre det ferdig, men kom aldri. John takket og gikk ut i Storgaten, en sigarett trengtes for å klarne hjernen, enda en dårlig unnskyldning.

Han tok kontakt med nettbuss om rutetidene på lørdag, og fikk vite at bussen hadde gått fra Kongsvinger klokken 19.40, og at den skulle være på Arneberg klokken 20.30. De skulle kontakte sjåføren og gi han infoen om Abrahamsen. Samtidig opplyste de om en bilulykke som inntraff på riksvei 20 ved Kirkenær bare minutter etter bussen hadde kjørt. Så dette hadde vært den siste bussen som hadde gått på den strekningen før veien hadde blitt stengt.

John tittet opp mot himmelen, tenkende. Hvor skulle de nå fortsette? Han følte seg litt tom, men var enda glad for at solen stod oppe.

Vinteren kommer og den går

Men lite visste vi at den ville skade oss så mye

Med sine vinder og kulde-sjokk

4

Stålsett deg: Vinteren kommer tidlig i år og blir både kald og snørik. Det spår værprofet Bjørn Frang fra Finnskogen. For Finnskogens værprofet betyr nemlig det at bladene fortsatt henger på trærne at vinteren kommer til å bli hard.

Stålsett deg, stålsett deg... ordene sitter som brent inn i hodet på ham. Det er jo nettopp det han gjør, stålsetter seg. Kan ikke bli svak og gi etter. Det handler om å overleve. Men han glemte noe... det viktigste... den blir mørk! Mørket er min venn, mitt alter ego, han smiler skjevt, ser ut av det frostbelagte vinduet... ser mørket. Føler at mørket vinker på ham, det vil ha han ut, ut for å leke. Ut for å vise at mørket skal fryktes. Øynene hans er kalde, kalde som isen på Glomma. Det lyser en lyst, en glede over det som har skjedd, og for det som kommer til å skje. Han blir som ett barn, leker med tanken. Smiler. Samtidig kjenner han en kvalme. Følelsene velter om inni ham. Han trives i den nedslitte stuen i skogen. Bare seg selv å tenke på. Nei vent, tenke.. liker ikke ordet å tenke... det blir bare rot.

Kvalmen og krampene i kroppen viser seg fra sin tøffe side. Han ynker seg, blir sint.. banner. Men smiler igjen da han tenker på mørket, kulden.. stålsett deg...

Han beveger seg ut døra, ser på de svarte trærne som strekker seg lengtende etter det kalde månelyset. De skriker, tenker han... de skriker... stakkars krek. Han titter opp på månen, speiler seg i lyset... innbiller seg at det varmer, en herlig kald varme… en mørk varme. Månen stirrer olmt tilbake på ham, han føler det... han føler sinne, men trærne stopper den. De nakne kalde trærne.

Tusenårsvinteren

John Nor stod utenfor bilen på en rasteplass og tok en røyk. Han trengte den nå, etter å ha hatt hjertet i halsen flere ganger på såpeglatte veier trengte han fem minutter med isende luft og en nikotin pinne. Måtte få hjertet i normal rytme, legge bort stresset en liten stund. Han trakk kragen på jakka godt opp under haka. Kjente den kalde luften rise ham på ørene. Det var under tyve blå nå. Kjente at fingrene stivnet. Prøvde febrilsk å stå mitt i klærne som de grønnkledde hadde lært de unge i militæret, men klarte det ikke. Han tok tre hurtige trekk av røyken, vridde den mellom fingertuppene og knipset den av gårde. Satt seg hurtig inn i bilen, og vridde varmen på maks som om det skulle hjelpe. I disse nye bilene fungerer ikke noe slikt i tyve minus. Det var liksom bare å gjøre det, og innbille seg at det ble sydenstemning der.

Han satte bilen i gir og rullet ut på den isete veien. Bilen virket småsær, enda ett problem i kulden, er ikke akkurat noen Epa traktor.

Da han kjørte oppover riksvei 20 så tenkte han hvor fælt det var å måtte gå dette stykket. Ikke noe gatelys, eller fortau. Det eneste man kunne se var hvite jorder og svart vei. Ett hus i ny og ne som lå inneklemt mot Glomma på den ene siden, og mot eller over jernbanen på den andre. Det er reneste ødeland her oppe. Bare tanken på å fryse i to minutter for en røyk fikk det til å grøsse i ham. Han ristet på skuldrene, for å få følelsen ut av kroppen. Han tenkte på det fru Abrahamsen hadde sagt om gåturen til mannen fra bussen. Sånn som de siste dagene har vært så må turen ha virket som en hel evighet med frost og likegyldighetsfølelse.

Turen til Hamar var lang, og da Nor var vel fremme så var han glad. Kjente skuldrene var ømme og vonde etter en lang og anspent kjøretur. Følte at han hadde en kniv i skuldrene som ble vridd rundt slik at smerten strålte fra øret og ned i tærne. En mektig, sviende følelse. Det var nesten så han kunne kjenne Lumbago smerten nede i ryggen.

Klokken var seks på kvelden og det var ikke mange mennesker å se utenfor politihuset. Det var bare noen få som krøp seg sammen som små babyer i morens mage. Dette var dager man angret på at man i det hele tatt kom ut fra mors liv. Dette var dager man kunne ønske man hadde pels slik at kulden ikke skulle skjære igjennom marg og bein. Snøfonnene raget over menneskene som små fjell som måtte bestiges. Nor tenkte litt på denne russeren som hadde ment at denne vinteren skulle bli den kaldeste i manns minne, den såkalte tusenårsvinteren. Og jammen hadde han ikke rett, og NASA, selveste NASA mente at det var feil. Stakkars amerikanere, de som kan alt, er verdens politi, eller verdens barnevakt, de treffer ikke på alt. Men et ord skal de ha med i alle saker uansett.

Vel inne på kontoret kunne Nor kjenne duften av varm kaffe, og det var noe han virkelig trengte nå. Han hentet koppen sin med den artige teksten: *JEG ER SJEFEN... over denne koppen.* Godt man kan være herre over noe, tenkte Nor og smilte. Ute på pauserommet med
kaffemaskinen, var det stille. Ett par politimenn i uniform snakket om ski VM i Oslo. Snakket om Northug og jernkvinnen Marit Bjørgen, kongen og dronningen av ski VM. Hvordan de lekte med de andre konkurrentene sine. Gjorde hva de ville, som kattene med musene. De så avslappede ut der de satt, lettere henslengt i

hver sin blå stol, med tv-en på i bakgrunnen, ski VM der også. De så ut som to tenåringer som hadde tatt helga og bare satt og sløvet, uten noen form for tiltak til å gjøre noen verdens ting. Nor følte seg gammel, lettere inngrodd og markspist. Det rumlet... magen... hadde jo ikke spist noe i dag, tenkte Nor, og de to unge politibetjente snudde seg rundt og så på ham. – Jeg tok en Hellner i Hellner bakken og droppet maten for å spare tid, sa Nor og trasket inn på kontoret. De to betjentene tenkte plutselig på tapet til Northug mot Hellner i sprinten. *Og så hadde musen lekt med katten.*

John kastet i seg ett par skiver med makrell i tomat og majones. Ikke den beste middagen han hadde smakt, men det var da mat. Magen ble fylt opp igjen, og batteriene var ladet til en ny økt. Han lente seg tilbake i stolen og så mot gangen. Torstein banket på og strenet inn i rommet. Slang seg ned i sofaen som vanlig.

- Ja, Nor noe nytt?
- Nei, det var ikke noe å hente på jobben hans. Ikke noe antydning til at noe skulle bry Abrahamsen. Og Nettbuss sa at den siste bussen hadde kjørt oppover ti over halv åtte på kvelden, og det var den siste bussen kom dit på en stund. På grunn av en ulykke så ble veien stengt den kvelden.

- Hmm... ja da var det jo stille og rolig for han på vei hjem da. Var vel bare toget han kunne få med seg da. Og det var kaldt i går. Helt ned i seks og tyve kuldegrader. Om han ikke har kommet hjem og han har tatt bussen med meningen å komme hjem, så må han jo ha fryst i hjel... om ikke han har noen på si eller noe da?

Nor tygget litt på kommentaren til Torstein: - Uansett så får vi ta en tur i dagslys til busholdeplassen, og ta turen som Kåre Abrahamsen ville gjort. Og Torstein, lang underbukse er tingen.. og ett par varmeflasker, Nor smilte.

Torstein la hodet bakover og tittet opp i det triste huntonitt taket, han pustet tungt. Så ut som om han gransket hver krik og krok av hodet på å finne noen spor som kunne få han til å slippe å vandre ute i kulden ufrivillig. Han gjorde noen grimaser, på samme måte som barn gjør når de smaker på mat som de ikke setter pris på, uten at det latet til å hjelpe noe videre. Tittet ned på blokken sin i håp om å finne noe med usynlig skrift på, men det var det ikke heller der. –Men John, da tror jeg at jeg drar hjem, finner dyna og jenta mi, og lager meg ett skikkelig hetetokt slik at jeg klarer kulden i morgen. Og tar med meg en bøtte med chili, og hundre og snørr og førti termoser med noe frostsprengende i. John begynte å le, Torstein er en god politimann, men en usannsynlig stor pyse når temperaturen kommer seg under null grader. Bare han ser en ispinne i isdisken på stasjonen så grøsser han, og han bor her oppe... midt i det kaldeste kalde... med is Glomma og speil Mjøsa... Sees i morgen klokken ni Torstein, klar til en ordentlig dags jobb.

- Jeg jobber ordentlig hver dag jeg John, sa Torstein med et glimt i øyet.

Han kontaktet diverse registre for å få litt bakgrunnsinformasjon om Beate Abrahamsen. Hun hadde rent rulleblad, ikke vært opp i noen situasjoner som kunne tilsi en negativ side ved henne. Hun var opprinnelig fra Elverum, men flyttet til Åsnes for snart 24 år siden. Hun jobber for rusmiddelomsorgen i Kongsvinger. – En kvinne med ben i nesa, tenkte Nor for seg selv, særlig på en plass som Kongsvinger, som har blitt kalt den hvite by.

John gjorde unna noen små rapporter om saken så langt, og leverte den på pulten til Nilsen. Rapport-Nilsen, han levde og åndet for slike ting. Nor tok på seg den forede jakken sin og gikk ut til den kalde bilen sin, satte seg inn og vridde om nøkkelen og vendte nesen hjemover til Jenny og varmen fra peisen.

5

Stålsett deg, stålsett deg… ordene var som brent inn i hodet på ham, ordene og marken side om side. Han kjente kvalmen komme igjen, kjente tungene gjøre saltoer inn i munnen for å tvinge følelsen tilbake i kroppen, få marken til å roe seg. De isende øynene ble fuktige av den overveldende smerten han følte. Han ville ikke kjenne mer smerte, han ville ha den ut av seg.

Hun satt i bilen på vei hjem fra jobb. Håret som satt i knute hadde hun løsnet slik at det la seg pent over skuldrene hennes. Hun hørte på sendingen til Solør radioen, hadde nettopp hørt de siste nyhetene blitt lest opp av Brandett, og nå var det allslags musikk. Varmeapparatet hadde hun vridd på maks, det var en kald kveld igjen, og den lille røde poloen virket som en liten organisme som slet med å komme seg tilrette. Marit Jensen fra arkitektkontoret var engstelig for de ekle kjøreforholdene, og holdt hardt i rattet så knokene ble kritt hvite. Hun var på vei til Svullrya, "hovedstaden" på Grue Finnskog, og hadde noen mil foran seg med mørke skoger. Hun lærte av sin bestemor noen av historiene eller skrømtene som det ble kalt, om Finnskogen. Helt fra flere tusen savolaksere mot slutten av 1500-tallet slo seg til i skogene. De kom fra Midt-Finland, via Värmland. Dit var de invitert av svenske myndigheter fordi deres svedjebruk og bråtebrenning kunne produsere rug i den ellers «uproduktive» granskogen. Finnene brant ned skogen og sådde i asken. Dette var en bruksform som tillot bosetning der hvor tradisjonelt jordbruk ikke var mulig. Svenskekongens invitasjon kom nok fra hans gode hjerte, men heller for å øke rikets, og dermed også kongens, skatteinntekter!

Den gang var skogene stort sett folketomme. Den norske befolkningen brukte skogen til litt jakt og fiske og til sporadisk seterdrift. Men for nybyggerne var Finnskogen et nytt «tusen sjøars land». Her kunne de som hadde flyktet fra undertrykkelse, sult og fornedrelse, endelig rette ryggen og leve som frie menn. Og bestemoren hadde forstsatt med å forklare om magi og trolldom som alltid har vært en del av dagliglivet på Finnskogen. Til å begynne med ble de finske nybyggerne tolerert av den norske befolkningen. Før skogsdriften kom skikkelig i gang, hadde ikke skogen så stor verdi for bygdefolket. Selv om de to gruppene hadde lite med hverandre å gjøre, var finnene likevel dårlig likt. De var kjent som «trollmenn» og «trollkjerringer», og alle visste at de leste mer i «Svarteboka» enn i Bibelen. Etter hvert som det ble flere finneplasser, økte konfliktene på begge sider av riksgrensen. Verst var det i Sverige. Der sto myndigheter og bønder sammen i kampen mot «finneplagen»; hus ble brent, buskap drept og avlinger ødelagt. Om det gikk med en finne eller to var ikke så farlig. Overgrep er kjent også fra de norske finnskogene, men riktig så ille som på svenskesiden ble det visstnok aldri. Hun grøsset med tanken på det siste, tanken på hva folk kan gjøre for ting man kun tror på.

Hun hadde kjørt til Kirkenær og tok av mot Svullrya, og inn i den mørke Finnskogen. Og tenkte på hvor øde og utflyttet skogen hadde blitt, og tanken på at flere hundre gårder står tomme inne i den for noe fryktede skogen. Skogen tar tilbake alt den har blitt fraterøvet. *Livet er som en evig sirkel...*

Hun kjørte pent på den svingete veien. Det var mørkt og kaldt, og lysene fra bilen virket isende kalde på den islagte veien. Motorstopp her hadde vært ille tenkte hun med seg selv. På ett sted helt uten mobildekning, det hadde vært forferdelig. Det var ingen biler på veien og det eneste lyset hun hadde var månen som stod lavt og stor på himmelen. Hadde hun stoppet bilen nå hadde hun garantert fått høre ulvene fra skogene ule sine dype røst mot den hvite sirkelen på himmelen. Høre ropene og klagene... Hun skrudde opp radioen, for og ikke å tenke så mye mer på mystikk, skremte jo bare seg selv med slikt. Hun var født og oppvokst her, og vant til skog, men for de som var innflyttere måtte følelsene av denne mørke skogen være en kvelende tanke. Følelsen av at trærne kom tettere og tettere, mangel på oksygen, følelsen av å drukne...

Bilen durte av gårde igjennom skogen som en stolt hest som skulle bære sin prinsesse trygt hjem fra alle farer. Den skrenset i svingene, men holdt stand. Eksosen lå som ett tykt teppe etter den. Kulden krøp inn i radiatoren, la sin kalde hånd på alle deler, men bilen svarte med hissig brumming og varme fra motoren, *meg tar du ikke...*

Marit svingte opp foran det gule huset hjemme i skogholtet, rett på utsiden av Svullrya. Hun tok tak i sin veske og steg ut av bilen og låste døren. Hun kunne kun høre sine egne fotspor i den harde kalde snøen. Og gnissingen av skoene mot den frostsprengte murtrappen opp til døren. Mannen var ikke hjemme, han var på konferanse denne uken, så hun var helt alene i huset i skogen. Men hun hadde ikke noen problemer med det, hun elsket stedet og naturen. Marit gikk inn på soverommet, tok av seg arbeidsantrekket. Huden hennes var gyllen brun etter turen til Spania for 14 dager siden, hun savnet varmen. Hun tok på seg langt undertøy og trenings tøyet, kvelden må jo fullføres med den daglige joggeturen langs vannet. Selv om det var kaldt så kunne hun ikke hoppe over turen, hun måtte ha den for å kunne roe seg ned.

For så å belønne seg med varm kakao under pleddet på sofaen foran en god film. Hun fant frem hodelykten sin, en Led Lenser, som hun hadde blitt anbefalt på Jernia butikken på Kongsvinger. Og den holdt det de hadde lovet, hun brukte den hjemme også for å lyse inn i skogen om hun så noen dyr, hovedsakelig elg og rev var det lysstrålene fanget opp. Hun satte på seg refleksvesten og de hvite Asics joggeskoene med brodder på. Klar for den seks kilometer lange turen igjennom mørket.

Marit stod foran løypen som gikk rundt vannet, uten lyset fra hodelykten var det som om hun stod i et tomt svart rom. Ikke antydning til lys bortsett fra månens kalde stråler. Hun tittet ned på stien, det var kjørt opp med en snøscooter, og sporene etter gående var synlig. Sporet var kompakt og helt greit å jogge på, men broddene under skoene var med å sikre ett ekstra godt grep. Hun la hodet bakover, lukket øynene, pustet hardt inn igjennom nesen slik at kulden flommet innover, det var kicket... nå var hun klar... det var ikke en lyd bare henne nå... klar.. løp..

Føttene møtte bakken silkemykt, broddene laget små mønstrede hull i sporet, perfekt grep. Hun jogget lett, som en gaselle når hun strekte ute den ene foten foran den andre. Hun økte tempoet ville kjenne litt syre i bena før hun roet ned igjen. Hun kjente musklene i låret spenne seg, kjente at hver sene hjalp henne med bevegelsene, kjente at det trykket lett fremme i låra, hjertet pumpet hardere, den isende luften bet henne hardt i lungene. Dette var herlig. Etter det tre kilometer stoppet hun, strakk ut bena, lot pulsen få synke litt før hun tok det siste strekket hjem igjen. Hun så utover skogen og tenkte på en historie fra sin bestemor:

Dette er en historie ifra midten av 1900 tallet, som lenge gikk på folkemunne i disse traktene. En kveld Kristine Sørlie var på tur hjem til gården Østvang, så hørte hun barnegråt i skogen i nærheten av Skoga ved Haugrønningen på Braskereidfoss. Dette hørtes så klart at Kristine som den gangen var i tredveårene, begynte å lete etter barnet i skogen, men fant det ikke.

Kristine oppsøkte da nærmeste bebodde hus like i nærheten og banket på døra og eieren åpnet og bad Kristine inn på kaffe. Uansett hvor mye hun spurte om noen kunne bli med å lete, så ble samtalen hele tiden dreid inn på andre ting, dette var ikke noe folk ønsket å prate om.

Kristine fortsatte da hjemover over bergskaftet der barnegråten fortsatt hørtes.

Det var slik at mange år tidligere så utspant det seg en tragedie på denne plassen i skogen. Ett barn var blitt født utenfor ekteskap, noe som den gangen var det samme som synd. Moren til barnet hadde tatt med seg den nyfødte dit, og latt barnet være igjen i skogen for å dø.

Myten sier at om man setter seg ned på dette stedet, så kan man fortsatt høre barnet gråter.

Det var nok dette de viste, de som ikke ville si til Kristine hva hun egentlig hørte der en sen høstkveld på rundt 1930.

Marit ristet på hodet, prøvde å unngå slike tanker nå når hun var alene i mørket. Men slike historier som man har hørt dukker som regel opp når man minst venter det. Marit lyttet, lyttet etter kjente lyder, lyden etter barn som gråt. Hun holdt pusten, kunne ikke høre annet en at det suste i tretoppene av den sure vinden som kom fra øst. Hodelykten ble justert for å kunne se lengre, så ingen ting… eller var det noe der? Noe i mellom trærne? Hun myste for å kunne se litt bedre, men klarte ikke å tyde noe. Det var noe der, hun var sikker, kunne det være et dyr? Eller var det bare vinden som spilte henne et puss? Hun holdt pusten, kjente pulsen slå helt ut i ørene, kjente en høyere frekvens i slagene. Skremte hun seg selv igjen? Med lyset vendt mot stien på ny la hun i gang med lett jogging på ny, og prøvde å legge vekk tanker som hun kunne skremme seg selv med. Ut av ingenting hørte hun et smell bak seg, hjertet hoppet langt opp i halsen på henne, og hun bråsnudde på hodet… så ingenting, men det var noe der, det var helt sikkert.

En ulv, elg eller en bjørn? Hun rakk ikke å tenke mer før hun gikk rett i bakken, kjente smerten som slo igjennom henne som ett godstog, og slo pusten ut av seg. Hva pokker var det som skjedde? Hosten inntok henne, kroppen jobbet med oksygen tilførselen. Hun satte seg opp, kjente smerten i foten, den ilte langt inn i henne som om noen tok tak i muskelen hennes og presset den sammen, og det ble varmt fryktelig varmt. Kjente seg uvel, kvalm og svimmel. Hodelykten, som hadde reist av hodet hennes på grunn av fallet, lå lysende mot den mørke Finnskogen ved siden av henne, hun satte den på hodet og lyste først rundt seg, for så og lyse ned på stien foran bena sine. Hva var det hun hadde rundt benet? Herregud... det var blod... var det en bjørneklemme... helvete, hvem har gjort dette? Panikken tok tak i henne, hun så tennene fra fellen hadde boret seg langt inn i benet hennes, hun kunne nesten kjenne de helt inn på selve benet, kjenne at de dro av henne margen. Hun ville rope på hjelp, men følte seg maktesløs på grunn av avstanden til nærmeste hus. Smerten var uutholdelig, hun prøvde febrilsk å få av seg fellen.

Tiden står stille.

Mørket kommer bare mot meg

klemmer meg.

Hvisker ensom, ensom.

Drar meg ned i skiten,
holder meg der nede.

Hun kjente fortvilelsen komme snikende inn på henne som en tiger som gjemmer seg i jungelen og har sett sitt bytte, hun begynner å gråte. Tenker på mannen sin, hennes mor og hennes bestemor. Prøver å tenke på alle men det blir bare rot. Hun klarer ikke sortere følelsene lenger, fortvilelsen, usikkerheten, smerten og redselen har tatt over all fornuft i hennes kropp. Hun kjefter på seg selv, maner seg opp. Hun må se å komme seg opp, vil ikke ligge her og bli ulveføde, ligge i Finnskogen å bli ulveføde, og bli enda en skremmende historie.

Marit ser seg fortvilet rundt etter noe som kan hjelpe henne å få foten ut av fellen. Men med all snøen som ligger tykt oppå bakken skjønner hun at det er lite sannsynlighet for å finne noe her. Hun får av seg den ene skoen, og tar av brodden under. Hun kiler brodden i mellom tennene på fellen, og lager en løkke med den. Hun bruker sine frosne fingre og kveiler av lissen på skoen og knyter den rundt den ene delen av brodden. Så fester hun lissen rundt foten som er fri. Hun føler hun får mer kontroll over situasjonen og berømmer seg selv for oppfinnsomheten. Hun tar av strikken som er til hodelykten og fester den ene delen rundt den andre siden på brodden, og kveler den andre enden godt rundt armen, hun tar så og spenner godt fra med foten, og drar hånden i den andre retningen, og kjenner at gapet på fellen åpner seg. Hun blir oppjaget og ser muligheten for å komme seg fri fra dette. Men lissen rundt foten løsner og fellen suger seg inn i benet igjen, hun skriker av smerte, og gråter. – Kom igjen Marit, bit tennene sammen, ikke gi opp. Hun bruker en skikkelig kjerringknute rundt foten, og spenner til, kjenner blodsmak i munnen, fellen slipper taket, bare litt til, bare litt til. Hun kjenner melkesyren i armet og benet, men adrenalinet i kroppen gir henne seieren hun trenger, og smyger den ødelagte foten ut av fellen. Marit slipper taket og fellen smeller igjen med ett brak så Finnskogen suger lyden til seg og sender ute ett ekko.

Marit er glad, eller vent lykkelig, hun er fri. Hun hører noe i skogen bare meter i fra henne, panikken tar på nytt tak i henne. Er det noen der, er det virkelig noen der? Marit prøver å komme seg opp, men smertene er så sterke at hun gir opp, hun tar lykten i hånden og lyser rundt seg. Det virker som om skogen spiser opp lyset hennes, trærne kommer og tar henne. De kommer tettere, og de er mørkere. Hodet hennes jobbet for fullt, begynte hun å miste grepet fullstendig. Var det virkelig sånn at skogen kom til å ta en til slutt?

Hun hørte knirking, som om noen tråkket i hard snø, skar igjennom skaren og traff pulversnøen under. Hun lyste i retning lyden... det var noen der hun så det, adrenalinet fyrte henne opp som et lokomotiv som ble matet med kull. Hun kastet seg opp, trosset de forbannede smertene, dro benet etter seg, øynene var paniske, søkte ly, søkte hjelp. Men det var ikke noen hjelp eller ly og se noen plass, hun var jo ute i skogen, i Finnskogen, og et stykke fra Svullrya, ett stykke fra hus og folk, hun var alene. Med lyset i hånden, virket lyset like panisk som henne der det flakket hit og dit, som skremte øyne som søkte noe men ikke turte å se på. Hun kjente varmen fra den ødelagte foten, den eneste gode følelsen hun hadde nå, om den kunne kalles god, resten av henne ble bare kaldere. Alt var blitt så kaldt at til og med hjernen hennes var i en slags dvale, hun ville hvile. Hun orket faktisk ikke mer, adrenalinet hadde gitt alt det hadde men det var ikke nok. Hun hørte skrittene komme nærmere. Hun ville se hvem som var der ute. Eller innerst inne ønsket hun ikke det, men hun følte hun måtte. Var det noen som skulle hjelpe henne? Eller noe grusomt som å ta livet hennes, eller skulle hun pines, bli voldtatt og pines mer? Hun lukket øynene kjente at tårene presset seg på. Om det var noen som ville henne vel så ville de ikke lusket ute i skogen. Hun kunne kjenne pusten fra noen bak henne, herregud, det er noen der... hun ville se, men turde ikke, hun prøvde å løpe, men knakk sammen. Hun gråt, gråt og ba om tilgivelse for alt urett hun hadde gjort, ba om å slippe. Prøvde å skrike høyt etter hjelp, men det kom bare et gisp. Da kjente hun en hånd ta tak i hennes ødelagte fot og dra til. Hun skrek så ekkoet kunne høres i lang tid etterpå, og så ble det svart.

Drømmene flimrer foran meg,
som i en skrekk film.
Drar meg med tilbake i tiden,
finner de mest skremmende tingene.
De liksom leker med meg
og erter meg.

6

John Nor satt ved bordet og så ut av vinduet, klar for en ny arbeidsdag, for en ny dag med kulde. Han tok en sup av den svarte varmen kaffen sin. Mørke, edle dråper tenkte han og tenkte på mangelen på kaffe under krigen. Krigen han aldri hadde opplevd selv, men krigen hans besteforeldre husket særs godt. Han husker han ble vist rasjonskortene som de hadde og historien om kaffen som ble solgt, ikke vanlig kaffe, men under krigen kom surrogatvarer. I stedet for kaffe solgte man Trio kaffeerstatning. Dette var litt kaffe og mye brente erter.

Men det var det nærmeste de hadde kommet kaffe, men tyskerne hadde til gjengjeld fått katt av dem. Tyskerne tok i mot med åpner armer i den tro at det var kanin de fikk. John smilte litt, tittet ned i koppen og tok en god svelg.

Nor parkerte ved siden av Torstein, ved Arneberg kirke. Her gikk det en lang strekning i retning Flisa, "hovedstaden" i Åsnes, og kjørte du den andre veien kom du til Kirkenær "hovedstaden" i Grue. Da de så bortover riksveien så de Montesori skolen på venstre siden i retning Flisa, og i retning Kirkenær så de innkjøringen til Jara, og det var veien de skulle. De gikk langs veien og prøvde å tenke seg hvor Abrahamsen kunne ha gått.

Torstein fulgte riksveien nedover, mens Nor gikk innover mot Jara. Noen få hus og en falleferdig låve lå til venstre bortover veien. Han så fremover og så veien bukte seg nedover og snodde seg mot venstre. Vel nede så stod den lille Arneberg brua foran han, den strakk seg som en hånd over en igjen frosset Glomma. Han tittet på sidene av brua for å se om han kunne finne noen spor, men det eneste han så var noen oppkjørte skispor, og spor etter vinden som hadde laget små snøfonder på isen. Vel over brua så han på idrettsanlegget med en forfallen hoppbakke til høyre, og noen hus til venstre. Han fulgte veien videre bortover og etter en sving til høyre, kom han til sentrum, om det kan kalles det, med en Joker butikk, ett verksted og en bruktbutikk. Rett frem kunne han se kirken. Han banket på dørene for å høre om noen hadde sett eller hørt noe den aktuelle kvelden, og om de hadde noe kjennskap til mannen som var borte, men mye svar som var til hjelp fikk han ikke. Han fikk inntrykk av at de lokale ikke helt satte pris på nye ansikter i området. Men det var ikke første gang han hadde opplevd slikt på bygda.

Nor vandret over brua igjen, og opp mot riksveien, mens han kjente varmen fra sola i kinnene. En herlig og etterlengtet følelse etter en vinter som denne. Den eneste i sitt slag på tusen år. Nor stoppet i krysset, og så over på noe som lignet en gammel butikk, hvor det nå var leiligheter og fisket opp røykpakken fra lommen, tittet på esken med Lucky Strike, og lurte egentlig på hvor flaksen var. Han tok en sigarett i munnviken, og tente på, kjente lungene bli fylt av noe annet en ren luft. Han tittet opp på himmelen og så hvordan de hvite små dottene seilte forbi som seilskip på iltert hav.

Torstein kom tilbake med like mange opplysninger som John. John gned seg i øynene og tittet tomt ut i luften, og håpte at svaret skulle komme seilende. De bestemte seg for å reise tilbake til kontoret og begynne forfra.

John tok telefonen og slo nummeret til fru Abrahamsen for å finne ut om hun hadde hørt noe mer. Han merket at hun var anstrengt og lei seg i stemmen. Men hun hadde ikke noe nytt å komme med, og gjorde samtalen kort med å legge på. Nor tok seg til ansiktet, så ut av vinduet og på den blå himmelen. – Hva skal man gjøre, hvor skal man gå, og hvor skal man fortsette?

John tok opp telefonrøret og slo nummeret til Pruesens Arkitektkontor. Han tenkte å spørre om noen hadde sett etter ham de siste dagene. En mann med finere dialekt svarte i den andre enden: - Pruesens vær så god? – Hei dette er etterforsker Nor, jeg har noen spørsmål angående Abrahamsen. – Ja hva kan jeg hjelpe dem med herr Nor, etter hva meg har kommet for øret var dere innom i går og fikk svar på deres spørsmål.

- Ja det stemmer, men tenkte jeg kunne høre med dem eller damen i resepsjonen om noen spesielle personer har spurt etter ham de siste dagene?
- Noen spesielle sier De, la meg tenke. Det var en mann innom her for omtrent en uke siden og var meget iherdig med å få pratet med herr Abrahamsen. Navnet fikk jeg beklageligvis ikke oppfattet, men han var meget stresset, og uhøflig.
- Jeg skjønner, kan du beskrive ham?

Stemmen forandret seg i andre enden, mest sannsynlig på grunn av dus bruken. – Han var som mange andre vanlige mennesker, ubarbert, mørk under øynene, blek. Nor ristet på hodet og lurte på om han kunne forklare litt nærmere. – Han var lyshåret, i slutten av tretti årene, omtrent 180 høy, og muskuløs. Nor takket for informasjonen, og lurte på om han kunne få prate med resepsjonisten, men fikk til svar at hun ikke var kommet inn i dag, og ingen der visste hvor hun var. Hun hadde ikke svart når de hadde prøvd å ringe henne. Nor fikk hennes nummer og adresse. Nor dro hendene igjennom håret, og klemte litt på nakken sin, for å prøve å få noe av stivheten ut. Han søkte opp Marit Jensen i registeret men fant ikke noe av interesse der. Han tittet på lappen han hadde skrevet. Marit Jensen, tjuetre år, bosatt på Svullrya. Bil: En rød polo 1996 mod, med kjennetegn HJ 62999. Svullrya, inne i hjertet av finnskogen, tenkte han for seg selv. Den mørke Finnskogen med alle sine hemmeligheter. Han husket en historie derfra, som han hadde blitt fortalt i forbindelse med en annen sak for en stund siden. Finnskogen. Magi, mystikk og plasser hvor det fortelles om skrømt. De hadde hørt om et slikt sted og vil undersøke dette nærmere. En regntung vårdag i 2008 reiser Tommy, Heidi og Tove til Finnskogen for å oppleve spøkerier på Vælgunahå. Tommy, som er fra Grue, vet vei og er guide. Medium har tidligere trykket en artikkel om deres opplevelser på Vælgunahå denne dagen. Da de i etterkant har kommet over spennende opplysninger om stedet i boka "Finnskog og trollskap" av Dagfinn Grønoset, valgte de å gi et lite tilbakeblikk på turen. Man har blitt fortalt at stedet Vælgunahå, som ligger på den svenske siden av grensen midt i Finnskogen, er hjemsøkt. Det er også kjent at det slett ikke er gode krefter som regjerer på stedet. Opprinnelig skal det ha vært et lite torp oppe i skogen, men i dag står kun grunnmuren igjen. Stedet var så hjemsøkt at porselen visstnok fløy gjennom luften, sengene la seg på høykant, og andre møbler flyttet på seg. I dag er det over hundre år siden spøkeriene fant sted mellom år 1900 og 1901. Folk var så skremt av hendelsene at de hentet inn en prest for å velsigne plassen. Da presten dukket opp, fløy kaffekjelen som sto på ovnen, rett i hendene på ham og klappet igjen Bibelen som spratt opp i ansiktet på den stakkars presten. Det hele endte med at plassen ble forlatt.

Tommy tar stedet på alvor. Det han har blitt fortalt, gir nesten et inntrykk av at stedet er forbannet.

- Ikke rør ved noe der oppe! Jeg anbefaler ikke å ta med noen suvenirer heller, sier Tommy alvorlig. - Du vil ikke ha med deg hjem det som finnes der oppe. Hva det nå enn er som er her, legger han til før han snur seg og leder an opp til plassen. Advarselen hans synker inn. De rører ikke, bare ser og opplever. Føler på energiene på den fraflyttede husmannsplassen.

Det er noe andektig over det hele da de ankommer det fraromte torpet. På vei opp kan man kjenne at man blir dratt mot stedet, men likevel er alle uønsket. Det er en merkelig følelse, og det begynner å verke i nakken. Vel framme ser man den omtalte grunnmuren og blir stående rolig for å se om det skjer noe. Til å begynne med merker de ikke noe annet enn at følelsen av å være uønsket på stedet er blitt sterkere. De blir fort enige om at vi ikke skal røre ved grunnmuren. Atmosfæren og Tommys advarsler innbyr ikke til det.

De kikker seg rundt. Egentlig er dette et vakkert sted når du ser på det med det blotte øyet. Det er grønt og frodig. Likevel kryper uhyggen opp langs ryggraden og helt opp til hårrøttene. De går forsiktig rundt på plassen, og på baksiden kan de skimte en grop som kan ha vært brukt i forbindelse med dyrehold. Både Heidi og Tove fornemmer at jorden rundt stedet er blitt dyrket, men det ligger spor etter en tragedie i luften. Ingen av dem kan fornemme helt hva tragedien bunner ut i, nok en gang er det som om de ikke skal vite.

Tommy kjenner ikke etter. Han vil egentlig ikke være her. Han holder god avstand, klar til å stikke når som helst. Bak ruinene av hovedhuset finner de en haug med stein, og tankene vandrer til at det kan være en gravplass. Sannsynligvis er dette spor etter at noen har ryddet marken. De rusler tilbake til ruinene for å kikke nærmere, men finner fort ut at de ikke vil oppholde seg lenge der. Det ligger en advarsel i luften - ikke kom nærmere! Det hele er så sterkt at de sier høyt: "Vi skal ikke røre, vi skal bare se." Det kjennes faktisk som om energien rundt dem gir litt slipp, men likevel passer de på at de ikke tråkker på noe de ikke skal. Stemningen får dem til å føle seg dårlige, og de finner ut at det er best å snu mens leken er god. Selv om de beveger seg vekk fra plassen, kjennes det som om energien ikke helt vil slippe taket. Man føler at det er noe eller noen som passer på at dem forlater stedet, at de ikke skal forsøke å lure seg usett tilbake. Vel tilbake på stien, og på samme sted som en energi begynte å dra på vei oppover, slipper "vokteren" av stedet taket på dem.

Nakkesmertene og den påtrengende energien blir borte, og de kan igjen puste normalt, Nor grøsser på skuldrene, han har aldri likt spøkelseshistorier og slikt. Han har ikke mage til det han sitter og innbiller seg. Bare tanken på den skogen i mørket gir ham frysninger nedover ryggen. Han rister løs og tar seg en slurk av en kaffe som har stått for lenge på, den har blitt altfor sur, og han griner på nesen.

Han vurderte om han skulle ta seg turen til Svullrya i dag, få snakket litt med Marit Jensen om Kåre Abrahamsen. Svarene fra Pruesens arkitektkontor gjorde han interessert i den ubarberte mannen med det lyse håret, kunne han ha vært et problem for Abrahamsen? Var det jobbrelatert eller privat? I følge Beate Abrahamsen så kunne ikke hun svare på om hun visste om Kåre hadde noen problemer med noen. Og humøret til Kåre var som det alltid hadde vært, bortsett fra dette med den lange kalde vinteren som alle oss andre også begynte og se svart på. Det kunne i hvert fall Nor skrive under på selv, den hersens kalde, snørike og triste vinteren. Han ville ut av skogen nå, fikk hjemlengsel, eller ikke direkte hjem, men bare ut av den mørke tunge skogen som han følte kom nærmere og nærmere.

Telefonen spilte melodien fra Kaptein Sabeltann av alle ting, en latterlig barnslig låt, men ett minne fra sør: -Kriminalbetjent Nor. Han kunne høre en monoton stemme i røret på den andre siden: -God dag, snakker jeg med John Nor? røsten var tung og trist.

- Ja det er John Nor, noe jeg kan stå til tjeneste med?
- Ja dette er fra Nettbuss, det gjelder spørsmål fra deg angående en rutebuss fra Kongsvinger til Elverum på lørdag, med avgang klokken nitten førti?
- Ja det stemmer, jeg er interessert i informasjon om en kunde som tok denne bussen. Han skal ha gått av ved Arneberg Kirke? Nor håpte ikke at han måtte ha det spesifikke klokkeslettet, og ellers bli opplyst om helligdagsruter og så videre. Og hvor mange som jobbet der, og hvor mange busser de hadde i trafikk.
- Ja det stemmer, etter avgang fra Kongsvinger var det under ti passasjerer som gikk på, mens tretten kom på overgang fra Oslo Bussterminal. Og for reisende fra El…

Nor brøt inn: Det er helt i orden det, men jeg sitter ikke for norsk statistikkbyrå og fører noe register over antall reisende med deres busser, jeg vil bare vite om det gikk noen av på Arneberg på den aktuelle ruten??!! Nor var mektig irritert over opplyserens bortkasting av tid.

I den andre enden kunne han høre ett hm, som om personen følte seg personlig angrepet, og truet med å gå til sin mor å si fra: - Nei, ingen gikk av der.

Nor ble overrasket, og mistet da den eneste sporet han hadde å gå etter: - Hm, tusen takk for hjelpen i hvert fall, og takk sjåføren fra meg, hjertet til Nor sank til under skotuppene, fomlet etter den røde knappen på telefonen. – Men det gikk av en mann ved Namnå Stasjon, lys brun jakke, dokumentmappe eller noe slikt over armen. Nor ble helt fortumlet... lyset kom på i tunnelen igjen. – Tusen takk, sa Nor. Kommer tilbake til dere om jeg har flere spørsmål. Nor la på og la telefonen tilbake i bukselommen. Vi har lett etter spor på feil plass, jammen har vi ikke det, tenkte han for seg selv. Men hva pokker skulle han gå av der for? På Namnå, det er jo flere kilometer unna hans hjem?

John løp ut i gangen, og inn til Torstein. Torstein satt og brettet ut binderser, enormt viktig bruk av skattebetalernes penger. Der ble Torstein opplyst om telefonsamtalen med Nettbuss. De hev på seg jakkene og satte seg i bilen, Torstein kontaktet lensmannen på Grue og ba dem starte ett søk langs riksveien, og gå fra dør til dør.

Nor parkerte sin svarte Passat stasjonsvogn på det gamle stasjonsområdet på Namnå, i dag var det en butikk på den gamle stasjonen, som heldigvis hadde bevart sjarmen. De ble møtt av en uniformert politioverbetjent i 50 årene, håret var for lengst grått, og ansiktet bar preg av ære og stolthet. Ola Sorknes hette han, og hadde hatt kontroll over Grue de siste 15 årene. Han informerte

om søket langs riksveien, som ikke hadde gitt de store resultatene, men noen ved Ingelsrud som var ute og gikk tur hadde observert en mann gående nordover i retning Åsnes. De så han gikk over veien til høyre og passerte inn i mot Sætervegen. Nor og Torstein satte seg i bilen, og kjørte ut på Solørveien. De kjørte ett par kilometer nordover, og tok inn til Høyre på Sætervegen. Veien var snødekt, og det minnet om en skogsbilvei innover med jorder på hver side. De passerte over jernbanelinjen, og etter omtrent to kilometer innover kom de til en tett skog, Finnskogen. De stoppet og gikk ut av bilen. Rundt dem var det snødekte jordet så langt øyet kunne se, og en vegg med mørk grønn skog, kledd med vinterlig preg. Nor var ikke noe glad i skogen, ikke så tett i hvert fall, og så mørk. Han tittet innover, fikk følelsen av å bli iakttatt der innenfra. Det var nok hodet som spilte ham ett puss *Det er grønt og frodig. Likevel kryper uhyggen opp langs ryggraden og helt opp til hårrøttene...* ordene sitter i ham, han drar øynene vekk fra skogen, men føler for å la dem gli tilbake. Torstein dulter borti ham og peker ned mot jernbanen. – La oss kjøre tilbake og ta en titt i området der. De kjører ned og parkerte ved ett hus, Ola Sorknes ventet på dem. – Her slutter de siste iakttakelsene av Abrahamsen og vi bruker øynene våre, mante Nor.
Tuuuut!!!! Nor kjente hjertet langt bak øynene, og kjente blodårene pumpe langt ned i tærne. Toget tok ham helt på sengen.

Det dundret forbi som en vill utemmet okse som ville bort fortest mulig. John fisket opp røyken fra innerlommen, og tente på. Trengte å få senket blodpumpa. Torstein lo en rå latter.

De søkte langs veien innover mot skoggrensen, de fant ikke noen bevis på at Abrahamsen hadde vært her. Det var fotspor på kryss og tvers av jorder, og fotspor på vei inn i skogen. Men det var som å lete etter nålen i den berømte høystakken. Nor lot sine øyne hvile mot skogen igjen, han kunne sverge på at det var noe der som fulgte dem. Noe som blant de isende kalde trærne fulgte hvert eneste skritt de tok.

Det begynte å skumre, gradestokken krøp lengre nedover, og tærne begynte å prikke, nesene var ilende røde, fingrene var stive som pinner. Vel inne i bilen så viste gradestokken minus tjueåtte grader. Umenneskelig mente Nor. Ola Sorknes og hans tre disipler ble igjen, en hundepatrulje fra Kongsvinger var på vei for å bistå i letingen. Mens inne i skogen, hundre meter fra lysningen fulgte to iskalde øyne med på hva som skjedde. Passet på sitt område, sitt revir, for denne vinteren var vinteren denne skapningen skulle leve og ånde. For dette var *tusenårsvinteren...*

John Nor og Torstein vendte nesen hjemover, avventet rapport fra Sorknes og hans team på søket som ville pågå utover kvelden, og kanskje natten. For disse mennene og kvinnene som er herfra, gir aldri opp uansett vær eller vind. John og Torstein diskuterte iherdig hva som kunne ha skjedd, på vei hjem. Hadde Abrahamsen vært utsatt for noe kriminelt, hvorfor hadde han gått av på Namnå? Hvorfor denne lange turen langs iskalde veier, og inn i ødemarken? Hadde noen lurt ham dit, eller var det noe han ønsket selv? De håpte at svaret ville dukke opp for en dag, før denne vinteren var over.

Vel hjemme så gledet synet av Jenny, John. Hennes smil og hennes varme. Han berømmet henne for tålmodigheten hun hadde vist ham disse årene. Hadde taklet hans humørsvingninger og frustrasjon. Hun var tålmodigheten selv, og selv nå flere år senere var han like forelsket i henne. Han betraktet henne fra gangen, så hennes vakre ansikt, og silhuett av kvinnelige former. Han ble opphisset bare av å se på henne, og fikk varmen igjen i kroppen. Bare å føle hennes kropp tett mot sin, kjenne hennes hofter og duvende bryster mot kroppen. Kjenne hennes pust mot halsen, lukte henne. Jenny luktet alltid deilig, som en syrin i vårsolen. Friskhet, vitalitet, glede, empati og hennes smittende evner. Han klarte ikke å finne noe negativt ved henne. Hadde det ikke vært for Jenny, så ante ikke John hva han hadde gjort i dag. Han har hatt tøffe tider, og tøffe tak med seg selv, men han slapp å være alene om det, han hadde Jenny. Han gikk bak sofaen, strakte hendene sine over og strøk henne på kinnet, hun tittet opp og smilte. Sofaen var i veien mellom dem sa hun, og gikk rundt. Hennes trange bluse viste tydelig konturen av hennes kvinnelighet. Hun gikk bort til John, ga ham ett kyss, ett kyss han har savnet hele dagen. Hun tok ham i hånden og ledet ham inn på soverommet. Dyttet han ned i sengen, lot hånden sin stryke ham fra ansiktet, nedover brystet og til slutt for å stoppe på hans lem. John lukket øynene og drømte seg bort i sinnet til Jenny.

7

Det er kaldt i verden.
Det er frost i hjertet.
Det er frost i sjelen.
Alt rundt oss stivner.

John våkner av en kraftig uling i veggene, vinden fra øst biter isende i fra seg. John kan neste føle vinden komme igjennom veggen, for å suge ut denne deilige varmen han har i kroppen. Han står opp av sengen, og da tærne berører gulvet så stikker det i dem, det er nesten så han kan høre at de skriker, skriker at de vil ha varme. Han går inn på badet åpner døren til dusjkabinettet, og setter vannet på. En god varm dusj er det han trenger nå. Mens han står i dusjen, kjenner det varme vannets herlige stråler som slår mot kroppen som små lette piskeslag, er han spent på om Ola Sorknes har noen gode nyheter til ham i dag. Han kan kjenne spenningen i kroppen. Nesten som når en venter på selvangivelsen, sitringen man har når man river opp konvolutten, og dommen står rett foran nesen på deg. Han skyller av seg såpen, skrur av vannet og strekker armen over på veggen for å få tak i håndkledet. Han går ut på kjøkkenet, tar seg en kaffekopp, takk gud for kaffemaskiner, og kjenner varmen nedover halsen. Ute er det overskyet og sur vind, det ligger snø i luften. Enda mer snø, og på radioen ligger fortsatt tåka tjukk i Holmenkollen. Ute på trappa tar han seg en sigarett, ser ut over jordet på de to hvite husene, med hver sine falleferdige låver på andre siden. Øynene beveger seg mot skogen og de mørke trærne som svaier kraftig i vinden. Det er onsdag og det er hopp i kollen.

De isende øynene ser opp på tretoppene som ruver mot himmelen, som om de strekker seg etter noe usynlig. Han strekker ut en hånd og prøver å nå opp til tretoppene. Han kjenner frosten som biter seg fast i fingertuppene, kjenner smerten som blir til en brennende ro. Han smiler.

En god time senere svingte John inn bak Gruetorget, under skiltet der det stod Politi. Han hadde kontaktet Ola og bedt om å møtes her nede. Vinden ulte i mellom bygningene, og han kunne kjenne at det krystalliserte seg i nesen hans. Han gikk inn igjennom glassdøren og opp trappen, døren inn til politiet var låst, så han satte knokene til og banket på. Det gikk ikke mange sekundene før Ola, eller sølvreven, som Nor ville ha kalt ham kom. De gikk forbi skranken, og inn på møterommet. – Har du lyst på kaffe?

Nor sa aldri nei til kaffe: - Ja takk, gjerne. Trenger litt frostvæske på denne tiden av året, men ikke før hadde han sagt det angret han på at han hadde sagt ja. Kaffetrakteren så ut som om den stammet helt tilbake til år 575, da tyrkerne kom på banen med en slags kaffemaskin. Eller så hadde den vært med rundt bålet med cowboyene på 1800 tallet. Han kunne ikke fatte at de turde å bruke denne gamle saken lengre. Glasskolben var jo like brun som kaffen selv. Han fikk kaffen i ett pappkrus, takket og tok en liten slurk før han satte det på bordet. Han rensket halsen med et kremt: - Åssen gikk søket i går kveld? John var spent på om de hadde sett eller funnet noe av interesse. Ola tok en stor svelg av kaffen sin, lot den gli brennende ned igjennom halsen: - Vi hadde søk med hunder utpå kvelden i går, og de reagerte noe helt grusomt i skogkanten. Det virket som de nesten fikk panikk, og ville dra i forskjellige retninger. Det var noe der som satte dem helt ut. Men det er jo ikke til å legge skjul på at denne skogen ikke har det reneste melet i posen, på folkemunne i hvert fall, han tok en pause og en ny svelg med kaffe. Men vi fulgte noen spor fra det siste veikrysset på innsiden av togskinnene, det ligger ett hus litt alene noen meter forbi der, og der, han gjorde enda en pause. Og der så vi noen spor i snøen som var litt rare. – På hvilken måte da, vill John vite. – Jo, fortsatte Ola, det viser seg at den som har gått der, har snudd seg rundt etter annenhver meter, spor i snøen viser hæl mot hæl flere ganger. Virker som noen har vært nervøse eller noe. Ola tittet ned i koppen sin, så på de små bølgene av kaffe i koppen, mens noe grut så ut som folk i havsnød. – Og det var enda en ting som vi syntes var rar, og det var at litt lengre fremme så det ut som noen hadde falt, og de hadde blitt dratt sidelengs mot skogholtet. Altså det er ikke rart i seg selv at noen faller, men det finnes ingen spor som tilsvarer at noen skulle ha dradd eller skjøvet noe. Nesten som spor i løse luften. Nor så spørrende på ham: - Hva? Skal noe eller noen bare ha reist bortover langs snøen? Uten hjelp? – Det ser nesten sånn ut, sa Ola, vi har ikke noen forklaring på det... det finnes ikke noen tegn til fotspor rundt disse merkene, og alt blir borte i skogholtet. Nor begynte å tenke på alle rare historier fra de dype skogene. Han hadde ikke forutsett noe slikt i det hele tatt. – Men sporene før dette, de virket på en måte usikre? – Ja det virker som om den som har laget dem har snudd seg hele tiden, skikkelig nervøse steg, han tok den siste slurken av brygget sitt og satte koppen på bordet. – Men andre spor eller funn fant vi ikke der ute, etter at hundene gikk helt at veggen så mente vi at vi hadde gjort det vi kunne. Nor satt der som et eneste stort spørsmålstegn. Ristet lett på hodet. – Dere har fått gjort det dere kunne, sender du en rapport over til Hamar for meg? Sorknes tittet på ham og nikket bekreftende. Nor satt i bilen og tenkte over det han hadde blitt fortalt, og tenkte på forheksede skoger fra fortellinger han hadde hørt som liten, og alle de paranormale hendelsene fra Finnskogen de siste hundre årene. Om frykten, angsten og sorgen som skogen hadde bidradd med på svensk og norsk side. Han ringte Torstein og ga han informasjonen han hadde fått. Torstein hadde ikke svart en gang, bare kvekket til i telefonen. Beate Abrahamsen skulle også spørres mer ut fikk han beskjed om. Hvorfor hadde mannen gått av på Namnå? Kjente han noen der? Var han ett skogsmenneske? – Spør om alt som faller deg inn, sa Nor. Fortsatt bare små kvekk fra Torstein.

Nor kjørte ned på siden av Gruetorget og svingte inn på Jernbanevegen. Bergene Holm fabrikken lå på venstre side, han parkerte på plassen utenfor, gikk ut av bilen. Han hentet fram Luckyen fra lommen, puttet en i munnen og tente på, alt mens han beskuet Finnskogen, og tenkte på denne forbaksede vinteren, tusenårsvinteren.

Kulden biter seg fast i huden.
Gjennombores av angst og smerte.

Han satt og lo rått for seg selv i den gamle tømmerhytten inne i skogen. Blant de mange torpene som var fraflyttet for lengst, og unna stiene fra turistforeningen, kunne han tenke i fred. Han tenkte på alt som var godt i verden, og alt som var vondt i verden. Tusenårsvinteren får oss tilbake til det virkelige liv. Kulden, mørket, vinden... det er mine frender. Han lo mer, de isende kalde øynene skar igjennom marg og bein. Han tittet ut på skogen som svaiet i den fryktelige vinden, kunne høre trærne prate med ham. De beroliget ham, beroliget ham med å forklare at han ikke gjorde noe galt eller urett. Det bare måtte gjøres. Han ble trist, ulykkelig, tenkende. Hodet hans jobbet, de små mennene dro i hvert ett flimmerhår, og hver en celle jobbet på overtid. – NEI... ikke tenk, tenke er roten til alt ondt... lytt på trærne, hør hva dem sier!! Han reiste seg opp fra stolen, så rundt i rommet, kjente varmen fra den gnistrende peisen slå ham hardt i ansiktet. Så bort på tømmerbenken ved kjøkkenkroken, så på de uttallige boksene med snurring. Han var lei snurring, møkk lei. Nå ville han ha friskt kjøtt, han ville kjenne tennene grave seg dypt ned i senete ferskt kjøtt. Han elsket knasingen fra senene, kjenne knitringen i munnhulen, få tennene til å jobbe godt, la tungen kjenne smaken som rant som elver forbi og ned i det glupske svelget. Kjenne magen bli fylt av velvære. Han knuget på øksen, koste med eggen, følte seg opphisset. Herregud hva ville hans mor ha sagt eller ikke minst hans far? Følte seg forlegen, slem, småløp bort til døren, rev den opp og kjente kulden piske ham i ansiktet, han lukket øynene og la nakken bakover... *mer, mer, mer, MER!!!!!*

Tusenårsvinteren

8

Nor kontaktet arkitektkontoret på Kongsvinger for å høre om Marit Jensen var inne, men hun var fortsatt ikke til stede. Hun hadde ikke ringt seg inn syk eller noe, så de var bekymret for henne. Han bestemte seg for å ta de to og en halv milene innover vei 201 fra Kirkenær. Han kontaktet Hamar og ga beskjed om hvor han skulle.

Nor som allerede hadde nok problemer på vinterveiene, satte ikke pris på disse svingete veiene innover skogen. Det var minus atten grader ute, mildere nå, og skogen gjorde slik at det virket mørkt, selv om klokken var elleve på dagen. De isete veiene fikk ham til å tenke på lastebilsjåførene på isveiene i Alaska, Ice Road Truckers, som forserte de mest utrolige strekkene for å få levert sine varer. Han tenkte på Hugh, the polar bear, som lo selv i de mest kritiske situasjoner, på Lisa, den kvinnelige sjåføren som aldri fikk store nok lass, og på Atigun passet, med sine over 20 ras punktet fordelt på noen få mil med vei, og her satt han og sippet og klagde over en liten skogsvei. Skjerp deg mann. Han satte på radioen, men det var ikke noe annen sending enn statiske signaler her. Mobilen var sikkert utenfor dekning her også, tenkte han med seg selv. En dårlig plass å få trøbbel på med andre ord. Omtrent en halvtime senere var han fremme på Svullrya, han passerte den lille butikken, og noen hundre meter forbi den kom han til ett gult hus på høyre side. I følge arbeidsgiveren er dette huset hennes. Han svingte inn på plassen, og stoppet bak den røde poloen. Poloen var helt iset igjen, å se igjennom vinduene var helt umulig. – Hun har ikke kjørt på ett par dager i hvert fall, sa John til seg selv. Han gikk opp trappen og ringte på døren. Ikke noe svar i det hele tatt. Han gikk rundt huset, der det ikke var en meter snø vel og merke, og prøvde å titte inn. Det var ikke antydning til noe liv der i det hele tatt. Han gikk tilbake til døren, og tok tak i dørhåndtaket og presset det forsiktig ned, så han ikke vekket de usynlige alvene i skogen. Han ristet på hodet av seg selv, men glemte det fort da døren gled opp. Hjertet hans trommet raskere, hvorfor har man ikke tjenestevåpen her i landet? Rett innenfor døren så han ett langt skohorn, mitt våpen tenkte han for seg selv. Som ett silkemykt press, dytter han gangdøren helt opp og titter innover. –Hallo?! Ikke noe svar. Rett frem er det en glass dør, og til høyre ser han en del av kjøkkenet. Han satser på kjøkkenveien, lister seg stille igjennom ett kjøkken fra åtti tallet, med sine tre utskjæringer og eike etterligning. Han går inntil dørkarmen på den andre enden av kjøkkenet, vipper hodet forsiktig rundt hjørnet for å forsikre seg at han ikke skal bli overrasket av noe. Ingenting, han runder hjørnet og kommer inn i stuen, en L-formet stue, med peis på ytterveggen ved tre store vinduer som er vendt ut mot veien. Stuen er pen, med lyse farger, en to og tre seter sofa i mørk brun velur, kunst på veggene, en imponerende dvd samling ved tv-en, som for øvrig er i det største laget. Det henger brune panellengder i vinduene. En bærbar pc ligger på stuebordet, den er kald, ikke vært i bruk på en stund. Han beveger seg videre. Kommer inn i en lang gang, passerer glassdøren til venstre som går ut i yttergangen. Fremfor han er det to dører til høyre, en rett frem i enden og en helt øverst til venstre. Han tar den første døren til høyre, den står på gløtt, han dytter den opp med foten. Rommet er mørke blått, uten gardiner, det eneste som er der er ett hvitt klesskap. Han går inn i rommet, og tar tak i dørknotten, åpner forsiktig, tomt. Ved neste dør skjuler soverommet seg, det er lys beige, med en rammemadrass seng. Det er ryddig, sengen er redd opp, ingen har sovet der. På en skammel på enden av sengen ser han klær, han titter på dem og husker at han har sett dem før. Ja det var klærne hun hadde på seg på jobb. Han går igjennom dem og finner et kredittkort, og mobiltelefon. Telefonen er tom for strøm, og kortet er utstedt av Coop. Han titter rundt seg, finner det merkelig at det ikke virker som hun har vært her, ulåst dør, mobil, kort. Han fortsetter inn på de to andre rommene, ett bad og ett gjesterom. Tilbake i yttergangen ser han at skoene hun hadde på arbeid står her. Kan hun ha reist bort noen plass, men glemt absolutt alt? Det er vel ikke mulig? Han ringer Torstein, og ber ham sende ut en etterlysning på henne. Har enda en person forsvunnet? Eller er det en logisk forklaring på det? Begge fra samme arbeidsplass også. Han klør seg på haka, og tar seg en røyk. John prøver å få ett blikk inn i Poloen på vei til bilen sin, men den er fortsatt igjen frosset. Rett over veien ligger det et rødt hus, John strener over veien i håp om at det er noen hjemme, og at noen har sett henne.

Han går i mot en massiv sort inngangsdør, med en forfrossen velkomstmatte foran. Han ringer på og venter. Å vente er noe av det verste han vet, særlig nå i kulda da frosten bare trenger seg inn i alle lemmer han har. Ventetid og køer er et eneste stort hat. Bare ett besøk hos legen, selv med time, kan det lønne seg å ha med både termos og matpakke. Selv om timen er bestilt en måned i forveien ender han opp som regel med å vente i bortimot to timer før han kommer inn. Han kjenner irritasjonen vokse frem i magen, bedre blir det ikke at ingen kommer og åpner denne forbannede døren. Han finner frem et visittkort fra innerlommen, og noterer en beskjed om at de vennligst må ta kontakt med ham snarest. Han setter kortet på tvers i dørsprekken og jogger over veien til bilen sin igjen. Vel inne i bilen beskuer han området ved huset til Marit Jensen, skog og atter skog.

John tar den lange isete turen tilbake mot Kirkenær igjen, og tenker på om det kan ha skjedd noe med Marit også. Om det da eventuelt er noen sammenheng med disse forsvinningene. Sannsynligheten er jo stor siden de begge jobber på samme plass. John føler de står i stampe nå, hvor skal de lete videre? De har jo ikke noe håndfast å gå etter. Han føler seg mer rådvill enn noen gang, i drapssaker er det alltids noen spor å gå etter, men forsvinninger er en helt annen sak.

På Kirkenær drar John innom den lokale pizzeriaen for å få seg en matbit. Han kjenner at magen maser på ham, og han har neglisjert den lenge nok. Han bestiller seg en pepperoni pizza og et glass cola, setter seg ned ved bordet innerst i det mørke lokalet. Ser to av stamgjestene, et par alkoholikere, diskuterer heftig over hver deres øl. John ringer Torstein for å høre om han har kommet noen vei med sine samtaler i dag, men svaret er som fryktet. Beate hadde ingen anelse om hva Kåre Abrahamsen skulle gjøre på Namnå, de hadde ingen bekjente der, og egentlig aldri hatt noe forhold til den plassen i det hele tatt. John la på, ei lita mørkhåret dame kom med en rykende varm pizza, og slang den ned på bordet. Ikke noe "håper-det-smaker", men snudde bare på halen, og gikk bak kassen og snakket på et uforstående språk. Hva skjedde med alle de tradisjonelle kafeene, der man fikk husmannskost? Nå er det bare pizzeriaer og kebab sjapper så langt øyet kan se. Og maten er seg selv lik, den samme bunnen, det samme triste fyllet. Møkkamat...

Etter måltidet står John og skuer over området mellom Essoen og Rimi butikken. Det virker som om bygningene har blitt kastet vilkårlig på plass, med en smal tarm av en vei som bryter alt opp midt i mellom. Trafikken er stor, dette er jo veien som binder sammen strekningen Kongsvinger til Elverum, og det har de lagt inn midt i ett tettsted. Samferdsel er en stor spøk i dette landet. Prioriterer helt feil, småveier som er livsfarlige, veier som er så humpete at om du er kvinne, kan få ti orgasmer på fem kilometer vei. Telefonen hans ringer. – Ja det er Nor.

- Ja, hei, en liten pause, dette er Judith Sømoen fra Svullrya som ringer. Det gjelder en lapp som stod i døra da jeg kom hjem, en ny pause, er det noe jeg har gjort?
- Hei du, nei du har ikke gjort noe galt, men hadde bare ett par spørsmål om din nabo, frøken Jensen. Vi har prøvd å få tak i henne ett par dager, og vi lurte på om du hadde sett noe spesielt?

- Noe spesielt har jeg ikke sett, men så hun kom hjem i forgårs, rundt klokken atten var det vel omtrent.
- Så dere om hun fikk besøk eller noe slikt?
- Nei ikke noe besøk, men hun pleier å ta seg en joggetur i friluftsporet rett borti her. Vi merker det hver gang hun skal ut å løpe, svarte Judith.
- Merker det? Hva mener du?
- Jo hun har en sånn kjempesterk hodelykt, så når hun kommer nedover trappen sin, så lyser det opp taket her i stuen, hun lo i den andre enden, men har ikke sett eller hørt noe annet, det var jo litt uvant i går kveld, at lyset aldri kom i taket vårt da men.
- Jeg skjønner, takker så mye for hjelpen fru Sømoen, om du kommer på noe annet så er det bare å ringe meg, han la på røret, og gikk de 300 meterne bort til politikammeret.

Han banket på døren igjen, for merkelig nok var den atter en gang låst, opp åpnet en unggutt som ikke var langt over de tyve og lurte på hva han kunne hjelpe med. - Jeg er her for å snakke med Ola Sorknes, jeg er kriminalbetjent John Nor. Han ble sluppet inn og vist inn på møterommet, med den enormt gode kaffetrakteren. Ola kom smilende inn døra: - Jeg ventet ikke å se deg så raskt, sa han overrasket. John vippet på hodet: - Nei hadde ikke akkurat planer om å løpe ned dørene hos deg, men trenger litt assistanse igjen. Jeg har nettopp vært på Svullrya, for å oppsøke en kollega av Kåre Abrahamsen, den forsvunnede. Hun heter Marit Jensen og vips så var hun også borte. Ola letter på øynene: - Enda en borte sier du? John nikket: - Naboen hennes er vant til hennes rutiner, og de opphørte for to dager siden. Jeg trenger hjelp fra deg. Har fått en delvis retning på hvor hun pleier å løpe om kveldene, men hadde vært kjempe kjekt med en form for kjentmann. Ola snurret barten sin, vippet seg bakover i stolen: - Det skal vi få til vet du, men nå er klokka allerede seksten, om skumringen er i gang. Kan vi ikke møtes her klokken åtte i morgen tidlig? John bet seg i underleppen, men måtte erkjenne fakta: - Det høres ut som en plan Ola, det høres ut som en plan. John reiste seg og ikke gikk mot døren: - Jo en ting Ola, jeg tar meg av kaffen i morgen, sa han smilende. Ola kunne ikke annet enn å le, og skjønte hva han siktet til.

9

Mister mer og mer av varmen.
Blir til slutt gjennomsiktig.
Mennesker gisper etter luft. Mørke skyer truer lyset.

Klokken var åtte, og John stod og studerte kirken på Svullrya, Grue finnskog kirke. Kirken som har hatt et strabasiøst liv. Fra sine første dager rundt 1854, åtte år før den var ferdigstilt første gangen, dog uten tårn, og kirkeklokken var på størrelse med en gårdsklokke. Omtrent 30 år senere rev de ned den gamle, og en stor vakker langkirke av tre kom på plass. Men så kom vinteren i 1948 med store snømengder som gjorde at deler av kirken ramlet ned, og måtte bygges opp atter en gang. Men siden 1950, har den stått der i all sin prakt, med solen som ett spotlys, som rammer det hele inn i naturen rundt.

John tittet på klokken, tok en sigarett og tittet ut på veien, ventet på Ola. Det gikk en halvtime til før han kom, og John følte han var underkjølt. Ola steg ut av bilen, med den grå barten i stram givakt. Han myste mot solen, og viste med fingerspråk at John skulle komme til den uniformerte bilen.

- Beklager at det tok litt tid, men bilen ville merkelig nok ikke starte. Disse tyske bilene er ikke sååååå glade i kulden, sa han.

Hvem er vel det, tenkte John, før han sa at det var helt ok, selv om han innerst inne hatet og vente på noe som helst. – Vi har fått tak i en kjentmann, fortsatte Ola, han møter oss ved stien hvor Marit Jensen pleier å løpe. Han heter Bjørnar Myren, og har gått rundt i disse skogene de siste ti årene. Driver i regi av turistforenningen her. John hevet øynene, og trakk munnvikene smått oppover. De kjørte frem til en liten busslomme ved stien. Foran dem stod en mann rundt 35 år, han hadde tredd en "Oluf" lignende lue godt ned på hodet, og noen tursolbriller på nesa. Han gikk, som alle turfolk som John hadde vært borti, med grågrønn Fjellreven jakke og bukse. På bena hadde han reneste romfarer støvlene, bare at de ikke var hvite. Han var kledd for tur, tenkte John. Han tenkte tilbake på fjellturen han hadde hatt i niende klasse på skolen. En uke med vandring fra hytte til hytte på Hovden, fjellbyen i Setesdal, hvor man virkelig skulle få testet seg. Få vekket til live den norske turfølelsen i overkåte tenåringer, som heller ville ligge foran tv-en og kaste i seg snop og drikke flaske på flaske med Cola. Mens læreren marskjerte foran, full av innsatsvilje med sin slitte grå sekk fra

Fjellreven. John kom aldri til å glemme den turen, hvor han heseblesende, tungpustende, med små astma anfall hang sist i lenken med uvitende tenåringer. Og glemmer aldri gleden av å se disse gudsforlatte hyttene, med boksmat provianten i skapet. Han hadde ikke gått en real fjelltur etter den turen, hadde visstnok prøvd å plukke sopp en høst, uten å vite hva slags sopp man kunne ta uten å bli alvorlig sjuk. Og dessuten fant han tyttebær istedenfor. Nå stod han foran skogen igjen, det var midt på vinteren, bein kaldt, mætt(som man sier oppi her) med snø, og med en hyper giret kar som skulle lose dem. Ikke akkurat drømmedagen.

Bjørnar møtte dem med hånden fremstrakt, han hadde et kraftig håndgrep, og John følte at hånden skulle dovne bort, bare etter få sekunder. Tennene til Bjørnar var krittende hvite, og det var nesten så en ble blendet når han blottet radene. Stemmen hans var overraskende myk og lett, til tross for hans maskuline ytre. John kjente at tærne begynte å bli kalde, og manet frem at han ønsket og bevege seg. De gikk bortover stien, mens Bjørnar snakket om vær og vind. Og om guidede turer til forskjellige torp, samarbeidet med rusmiddel omsorgen på Kongsvinger, og så videre. Altfor mye tomprat for John, han ville bare gjøre det som var viktig for ham nå, finne ut hvorfor Marit ikke var hjemme.

De hadde vandret en times tid da John plutselig stoppet og tittet ned i snøen. Snøen var missfarget, som om noen hadde sølt kakao eller kaffe. John ropte de andre tilbake. Bjørnar tittet på det, og rynket pannen: - Det kan være noe væskesøl, men det kan også være blod. For eksempel etter en hare eller rådyr. Det kan hende det er Canus lupus, Ursus arctos og Lynx Lynx. – Canulynx hva for noe? utbrøt John. Bjørnar begynte å le. - Husk det er mange rovdyr i den skogen. Det var de latinske navnene på ulv, bjørn og gaupe som har blitt sett i disse traktene flere ganger. John presset underleppen over overleppen og tittet rundt inn i skogen. Tankene til all denne praten om ulv i disse skogene gjør ham nervøs, dette er skogen hvor det er bekreftet at ulven har ynglet i senere tid, midt inne i svarte Finnskogen. Historier om hunder som er tatt av ulven, ulvens ul mot klar måne, får det til å grøsse kaldt nedover ryggen. Og alt dette i en miks med alle skrekkfilmene fra Hollywood. De gikk videre bortover stien, med knaking fra trærne som kom fra alle kanter, og en ellers uhyggelig stillhet preget John. Alle historiene hadde satt dype spor, som vannet som lager spor i fjellsidene. Han lar de to andre gå ett lite stykke foran mens han går rundt med sine tanker. Noen meter bortenfor kaster John ett blikk mot venstre, han synes han skimter noe i snøen. Han strekker hånden bort, og berører noe blått og svart. Det er fullt av rim på det, og virker egentlig ganske usynlig i snøen. Det så ut som en del av en hodelykt som har sett sine bedre dager. Han studerer den nærmere, og ser på baksiden av lykten at det står "led Lenser", han legger den i jakkelommen. Legger opp til marsjfart og tar igjen de andre. De gjør ferdig runden, og vender tilbake til bilene sine. Ola og John takker Bjørnar for hjelpen så langt, og holder fortsatt muligheten åpen for at de trenger hans kjentmanns tjenester igjen, kanskje lengre inn i skogen. Bjørner kommer med ett smil, og nikker.

Herregud hva ville hans mor ha sagt eller ikke minst hans far? Følte seg forlegen, slem, småløp bort til døren, rev den opp og kjente kulden piske ham i ansiktet, han lukket øynene og la nakken bakover... mer, mer, mer, MER!!!!! Han kjente markene formere seg inni ham, han orket ikke mer det var noe djevelsk over det hele. Han kunne ikke stoppe nå, ikke før marken hadde roet seg, han bare måtte...

John sitter på den flotte pizzeriaen, som-ligner-på-alle-de-andre, med en kopp kaffe foran seg. Han hadde nok trengt bøttevis for å få varmen igjen i kroppen, selv med superundertøy så fryser til og med de edlere deler i denne fordømte kulden. Han studerer hodelampen han fant på den nedsnødde stien i dag. Kveiler den frem og tilbake, opp og ned, i mellom fingrene sine. Led Lenser hadde han hørt om, en forbasket god lykt. Han hadde sett en test i Vi menn for ett par år siden, hvor det stod at flere og flere byttet ut store Mag Liter, mot disse små lyktene med det enorme lyset. Han vinket til damen bak disken, og ba om en ny kopp med kaffe. Han mente at han hadde sett en reklame i postkassen engang, hvor det var bilde av slike lykter. Han hatet reklame, så det var bare tilfeldigheter at han hadde fått det med seg. Han mente at det var i forbindelse med julen, da han febrilsk skulle bli ferdig med julegavene. Da gjorde han det som var lettest, fant den butikken som hadde noe til alle, tok med avisa dit og pekte. Men pokker hvor var det, president i korttidsminneforeningen, tenkte han og ristet på hodet. Jernia var det ja, han hadde jo snappet med seg alle gavene på Jernia på Hamar. Han satt og tenkte litt på hva naboen til Marit hadde sagt om at lyset fra hennes reflekterte i taket. Kunne dette være hennes lykt? Det må jo sterkt lys til, og denne virker jo som noen kraftige saker. Det er ett skudd i mørket kanskje, men lyset har jeg jo i hånda. Om det var hennes så måtte det være logisk at det var kjøpt i en butikk på stedet hun jobbet, handlet eller bodde, tenkte han med seg selv. Å snakke med seg selv er en uvane mener noen, men for noen gode svar man får av det. Han gikk frem til disken og spurte damen om det fantes noen Jernia forretning på Kirkenær eller Kongsvinger, Svullrya hadde jo knapt en Joker butikk? På Kirkenær var det ingen, men det hadde vært, men på Kongsvinger lå det en Jernia forretning på denne siden av Glomma. Å finne frem var ikke noe problem, det var bare å ta rett i frem i rundkjøringen ved Skeidar, inn Glommengata, og så første til høyre, da ser man Jernia. John takket for hjelpen, slurpet i seg kaffen og strenet ut døren.

På vei til Kongsvinger, betraktet John de forblåste, øde, strekningene. Han kjørte forbi Grinder, som ikke har noe han kunne se, bare ett skilt i veien, han passerte en trefabrikk som lå på Brandval, de hadde til og med en joker butikk kunne han se. Og så var det Roverud, plassen med ett litt vondt rykte. Ti minutter senere parkerte han på parkeringsplassen på Sundehjørnet. Der var det en blomsterbutikk, Kiwi, et solstudio, en gardinbutikk og Jernia forretningen. John bannet da han gikk ut av bilen, og følte han måtte trå igjennom en halvmeter med ihjelkjørt snø. Litt snørydding hadde ikke vært dumt, men man sparer vel penger her også tenkte han mens han tok tre drag av en sneip. Han gikk inn glassdøra, og kom inn i ett stort inngangsparti dominert av tepper på den ene siden, og snøredskaper på den andre. Rett frem var ett utstillingsvindu dekorert med reklame, om at om en handlet for tusen kroner, så fikk man ett gavekort på to hundre og femti kroner tilbake. Ett telt var slått opp for å markere VM, og et gedigent norsk flagg hang oppe. De gjør mye rart i butikkene i dag, men fantasi har dem, tenkte han da han gikk inn i butikken. Med første øyekast virket den liten, men den åpnet seg på en måte mer opp, og det bugnet med varer for alle mennesker. Bak kassen stod det en eldre herremann og smilte. John gikk frem, og så ned på hendene hans, han manglet noen fingre, antakelig etter ved, som alle driver med oppi her. – Hei mitt navn er John Nor, og kommer fra politiet. Jeg har ett spørsmål om en ting jeg har funnet, sa han og fikset frem lykten. Mannen bak disken tok frem hånden for å hilse: - Otto, eller "smeden" som jeg blir kalt her, sa han og tok opp lykta. Jeg ser at du virkelig har misbrukt lykten din, sjekket kvaliteten under dyna, eller under bilhjulet, sa han og lo. John smilte, og tenkte at dette var en oppriktig gledesspreder, og han kunne tenke seg at dette var en person de eldre kjente godt til. – Selger dere den lykta her? ville John vite og håpte på et positivt svar.

- Ja den lykten selger vi her vet du, denne og flere typer. Men dette er jo den jeg anbefaler, den heter H 14, og er det siste på markedet i landet. Kom vel for under to uker siden omtrent. Det er et farlig sterkt lys, du kan til og med lokke kjerringa med den, han smilte.
- Har dere solgt mange av dem? Kan du eventuelt huske hvem dere har solgt den til?

- Vi har bare solgt fire, men som sagt så er den helt ny. Om hvem som har kjøpt, hm... jo jeg kjøpte jo den ene, og svogeren min den andre. Sjefen min solgte en her om dagen til en grisebonde, skulle nok finne purka tenker jeg, hehe, og den siste var litt spesiell.
- På hvilken måte da?
- Jo det var en jente innom her, altfor ung for meg, men hun var virkelig pen. Hun skulle ha en hodelykt for hun var ute og løp om kveldene, og jeg viste henne en H7, en kjempe lykt. Men hun spurte om det var den sterkeste, og da viste jeg henne denne, en H 14. Jeg sa til henne at denne er ganske stor å løpe med, men det brydde hun seg ikke om. Hun ville bare ha den beste. Ei herlig jente gitt.
- Kan du forklare åssen hun så ut?
- Det går ikke an å glemme det vet du. Jeg er litt flørtete av meg, men det er bare moro det. Hun lo da godt. La meg tenke nå, jo hun var mørk, og hadde håret festet i en sånn fancy strikk bak i der vet du. Den hadde en type gullskrift, på et tegnspråk eller noe slikt. Den var rød også så vidt jeg minnes. Begynner å bli gammel vet du, se her, klarer ikke å huske fingrene hver dag heller, sa han og lo enda mer.

John kjente at han ble varm i hodet, adrenalinet pumpet, han hadde tatt en sjanse, og truffet, det var så å si hundre prosent sikkert at det var Marit Jensen. Han nikket og takket for hjelpen og gikk ut.

Torstein stod henslengt med hodet inntil veggen, nesten som fjortissene gjør nede på senteret. Henger og har ikke noe annet fore seg. Torstein retter seg opp og ser spent på John. John nikker ham inn på kontoret. – Ta med deg døra, sier han til Torstein. Torstein stopper opp, og ser på dørkarmen. John ser på ham: - Eh, hva driver du med Torstein?

- Jo du sa jeg skulle ta med døra, men jeg har ikke stjerne trekker på meg, så får ikke gjort det akkurat nå, sa han og gliste. Kanskje han skulle kalles klassens klovn?
- Morsomt Torstein, vær så snill og lukk igjen døra da, om du skal ta alt så forbannet bokstavelig, he he.
- Jeg er en mann for bokstaver, men synes tall er artigere, fortsatte han, men da dropper jeg alfabetet og pytagoras lære. Jeg vil gjerne høre hva du har drevet med i dag?

  John forklarte hva som hadde hendt i dag, alt fra Canus Lupus til en mann med litt færre tommeltotter enn oss andre. Om " lærer look alike`n" på Svullrya, om den røde hårstrikken. Torstein lyttet så hardt, at han følte at ørene skulle falle flere hakk. Han svelget tungt, og kjente følelsen av en meget spennende sak. Han var klar for noe virkelig intenst nå, etter flere måneder på ræva her. Han var ikke vant til å være så i ro, han ville vise hva han kunne. Kjenne spissingen i sakene, være med på de store overskriftene. Han ville være like tøff som Gunvald Larsson i Beck filmene, leve slik på kanten som han, og da måtte han være med på noen saftige saker.

Frem skal man komme,

Den som kan storme…

10

- *Gjør dere klar til å storme folkens. Det er nå vi har muligheten!*

Per Andersen så frostrøyken stige opp mot det dunkle gatelyset. Himmelen var mørk som en kjellerbod. Ingen stjerner å se, ikke månen en gang. Han trodde han skimtet noen skyer som drev, men var ikke sikker. Det kunne like gjerne vært frostrøyken. Uansett så var det umenneskelig kaldt, skulle gitt alt for å holde dyna enda, hvem står ute og fryser klokken halv seks? Men det var jo jobben hans, det var jo klart, og denne gangen var han utstyrt med skuddsikker vest og våpen. En Heckler & Koch P30L, ble holdt i hardt grep. Våpenet har ett mye bedre ladesystem, enn den gamle Smithern. Og med lys så er det mye bedre å sikte i mørket, og mer treffsikker generelt sett. Det beroliget Per, han var ikke den største fan av våpen, og det å skyte noen hadde han ikke gjort enda, heldigvis. Han lot tankene spinne tilbake noen dager, til dagen han tok og ringte sin gamle kamerat, John Nor, og den hastige samtalen de hadde hatt. Han hadde ikke pratet med han på lenge, så det ble på en måte litt kleint. – Herregud, kleint? Hvilket ord er det å bruke, jeg er da ikke sytten år?!! Sa han inne i seg. Per hadde følt seg ensom det siste året, etter at samboeren hans hadde forlatt ham, så hadde han ikke helt vært seg selv. Følte at han ikke hadde noen venner han kunne snakke med, følte seg veldig alene. – Den jævla hora som måtte pule en annen, eller for ikke å si, pule mange andre. Forbanna hore, følelsene veltet om i Per. Dette hadde gått et år, men han hadde aldri gitt seg tid til å gå videre. Han satt fast i det gamle, kanskje det var en mening med at han hadde våpen nå? – Hva pokker tenker du på mann?! Skjerp deg. Han senket hånden med våpenet, lot munningen peke ned i snøen, tenkte på det hvite som uskylden og roen. Sugde på den myke og lette stemmen til John. Den støttende og trygge stemmen. Fy faen han savnet tiden på politi høyskolen, tiden da de nettopp hadde startet på sine liv, tiden da ingenting skulle være uprøvd, og motet var på topp. Og nå, nå følte han seg rett og slett utbrent. Å jobbe i det harde miljøet på Kongsvinger var ikke lett for psyken. Psykologen hans hadde bedt ham ta fri, få ferie, reise bort. Han kunne da ikke reise bort, tenk om han smittet alle med sin negative være måte. Og nå, nå satt han her, klar til å raide huset på Roverud. Klar for å sparke inn døra, og rope politi. Klar for adrenalin rushet som gjorde ham parat for alt. En overdose med adrenalin, like stort kick som en dose med amfetamin. Like sløvende som heroin på tur ned. Han hadde bygd seg opp til dette i fjorten dager, etter måneder med spaning, så hadde de brukt fjorten dager i planleggingen på åssen de skulle gå frem. Fjorten dager på hvordan seks uniformerte menn, med vest og Heckler & Koch, skulle dekke alle rømningsveier, sprenge inn dørene samtidig. Komme seg igjennom huset og sikre alt på sekunder. Fjorten dager, seks menn, sekunder. Hodet hans jobbet overtid, han tenkte seg hva som kunne skje, kjente adrenalinet flomme langt opp i pannen, og ut i fingerspissene. – Sikring av, sa han til seg selv, og opp som en løve!

John satt å så på nyhetene på frokost tv og tygde på en brødskive. Så på tragediene som hadde utspunnet seg i verden det siste døgnet, oppsummeringen og utfallet av opprøret i Tunisia og Egypt. Om den påståtte linken til Al-Qaeda. Han var glad han bodde i Norge, hvor de største bekymringene var om oljepriser, strømmastene i Hardanger, og om fulle folk som urinerte i gatene. Han lot fingrene gli over knappene på kontrollen, reprise på reprise på tv-en. Gamle serier fra 90-tallet gikk på ny, Glamour og andre såpeserier med sine tusenvis av episoder. De tragiske kveldsendingene som handlet om nakne ungdommer, sex, silikon og alkohol. Det samme sju dager i uken hele året. Nyvinning er det fremmedord innen fjernsyn. Tenk den gangen porno var jo noe spennende, hemmelig og morsomt. Sitte og nappe loffen mens foreldrene var på jobb, mens nå kan man se struttende pupper, hårete eller hårløse venusberg, rumper, lem når man vil og hvor man vil. Det er overalt, og alt er likt. Spenningen og opphisselsen er borte. Jenny derimot, hun kunne hisse ham opp bare ved å smile. Han kunne kle av henne med blikket flere ganger om dagen, fantasere om hennes melkehvite hud, hennes duvende myke bryst, friserte kjønn og faste rumpe. Lukket han øynene kunne han høre hennes stønning når de holdt på, og kjenne kroppen hennes spenne seg når det var nær klimaks. Han kjente han ble kåt ved tanken på det. – Se der ja, mer skulle det ikke til.

På møterommet på Grue lensmannskontor satt Torstein og Ola og ventet på ham. – Sorry gutter, men Jenny, eh… trengte hjelp til noe før jeg reiste. Det var noe som ikke man kunne forhaste seg med. Torstein gliste og tok nok tegninga før John var ferdig med setningen. Ola tørket barten sin for kafferester.

- Skal vi oppsummere litt karer, sa John. Klar for å ta igjen tapt tid.
- Hm, ja, begynte Ola og renset strupen med et høyt kremt. Vi har snakket litt med naboen til Marit Jensen igjen for å finne ut om de husket noe mer fra kvelden hun ble borte. Om selve dagen hun ble borte hadde de ikke noe nytt å

melde. Men de nevnte også hennes samboer, Lars Børli, 25 år. Han er mye på farten i forbindelse med jobb, vi har jobbet intenst med å få tak i ham, men har ikke vært heldige så langt. Vi sendte ut en etterlysning på ham i håp om å få kontakt. Så vidt jeg vet så har Torstein mer informasjon om det. Han jobber som frilans konsulent, hva nå enn det vil si. Det nevnes også at Marit har hatt besøk mens han var borte, av en eldre herremann. De trodde dette kanskje var faren, men faren har gått bort for fire år siden. Så det vil si at vi har en ukjent vi skulle ha fått vite mer om. Kanskje hun har rømt med ham?

- Hm, tviler på at hun har rømt på noen måte. I går på stien fant jeg en hodelykt som delvis er bekreftet er hennes. Så å si hundre prosent. Det baserer jeg på utsagnet fra selgeren som solgte lykten til henne, som beskrev henne på en prikk, helt ned til hårstrikken. Torstein? Har du fått gått mer inn i saken?
- Det har jeg John, sa en oppkvikket og ivrig Torstein. Jeg hadde en samtale med Ola i går kveld, og fikk da vite om hennes samboer. Jeg fikk tak i ham, etter samarbeid med politiet i Molde og på Alvdal. Jeg fikk en liten samtale på telefon med ham på sistnevnte plass. Han hevder at han

ikke har hatt noen kontakt med henne de siste dagene, og at han har vært på reisefot på Mørekysten den siste uken i forbindelse med jobben. Han har drevet noen konsulent tjenester for et arkitektfirma der borte. Han overnattet på Seilet i Molde den tiden han var der. For tiden er han som nevnt i Alvdal. Sjekket litt rundt firmaet og det viser seg at det er en søster bedrift til kontoret på Kongsvinger. Samtidig spurte jeg dem ut litt om Lars Børli, og hans tjenester. Svaret var at han sist hadde vært hos dem for tre dager siden, samme dag Marit forsvant. Kontaktet også Seilet i Molde, og der bekrefter de at han bodde der, men sjekket ut for tre dager siden.

- Kjempe bra jobbet begge to. Vi har nå tre oppgaver. Nummer en, vi må finne ut hvem denne besøkende er, hemmelig elsker, familie, venn. Nummer to: Hvor har Lars Børli vært de tre siste dagene? Vi vet han ikke har vært i Molde hele uken, og nå er han på Alvdal. Det er fullt mulig å kjøre tur retur Alvdal på en dag, eller natt. Og nummer tre: vi må kontakte Bjørnar Myren igjen. Pakke sekken og reise ut i skogen, det må finnes noe mer å gå etter, på eller rundt stien.

Alle nikket samtykkende og tittet på hverandre. John kjente at det rykket i pannen, et godt tegn for ham, siden det var tegnet på at hjernen hadde fått fornyet sin energi og blodomløpshastighet. Og følelsen av å virke, av og la spenningen styre ham i de retningene som måtte til for å kunne løse saken var en levelig følelse. Han kjente det kriblet helt ut i fingertuppene. Det var som å pusle ett puslespill, hvor noen av de aller viktigste bitene var borte, men som hadde for vane å ligge rett foran nesen på ham. Han tittet ut av vinduet og sortere all informasjonen som de hadde gått igjennom, og oppgavene som lå foran ham. Alt dette mens han tenkte på våren som lå fremfor menneskeheten. Våren vil alltid komme uansett hvor mørkt alt ser ut. Lyset seirer alltid over mørket, tenkte han med et smil.

11

Gran Canaria, Kypros, Hellas eller Afrika? John drømmer seg bort til kritthvite strender, krystall blått hav og palmesus. Over tjue grader i skyggen, sitte på terrassen og ta en kald duggende øl. Ferie i Syden hadde vært noe. Ta en liten Charterfeber helst uten ADHD'en Svein og kompani, men bare han og Jenny. Kjenne den varme sanden mellom tærne, bare ligge og steike flesket. Bort fra all elendighet og all denne kulden. Drømmen kan ingen ta i fra ham, den har han helt til han gjør den til virkelighet.

Istedenfor sol og sommer, driver John og tar på seg lange ullunderbukser og ulltrøye. Det får han til å tenke på Vegard Ulvang, et lam og rosa tøymykner. Han skal ikke fryse og kler på seg etter beste evne. Fyller sekken med ekstra tørt tøy, mat og en termos med nykokt kaffe. Sigarettene har han trygt i innerlommen på jakken. Han står i gangen og psyker seg opp til å gå ut i kulden igjen, tanken på å tilbringe dagen i skogen får ham til føle to ting, avsky og spenning. Avsky føler han fordi det ikke er menneskelig å vandre rundt i en beryktet skog i over tjue minus grader. Spenningen kommer av hans interesse for å finne spor, gleden av å seire over noe, komme ett steg nærmere sannheten. Jenny kommer ut i gangen og gir ham ett varmende kyss på veien.

John parkerer på parkeringen ved stien, stiger ut av bilen og tar seg en røyk. Lar røyken lure seg ut av munnen og stige til himmelen som en ballong som har sluppet fri. Han står der ett par minutter og betrakter skogen, planlegger litt av dagen for seg selv. Prøver å unngå overraskelser. Torstein, Ola og Bjørnar kommer kjørende, og parkerer ved John. De er alle kledd for dagen, og Bjørnar følger fortsatt det tradisjonelle lærer eksempelet med Fjellreven. John beskuer ham mens han gjør seg klar. Ett typisk friluftsmenneske, med sin elsk på natur. En figur som hadde passet rett inn i hitler jugend under 2.verdenskrig. Ren arisk, som Hitler ville sagt, med sitt lyse hår og lyse blå øyne. Tennene er krittende hvite, som om de var tatt rett ut av Colgate reklamen på tv. John visste ikke helt hvor han skulle plassere ham, litt usikker på hans vesen. Men han var mannen de måtte stole på i denne skogen. Finnskogen med all sin mystikk, midt i den verste vinteren i manns minne.

De gikk innover stien mot plassen hvor John fant restene av lykten. Torstein stoppet ved det brune som var blitt enda dusere av rimet, han fisket frem en kolbe fra sidelommen på buksa si og skrapte noe av dette og la det oppi glasset. Bjørnar tittet innover skogen og så etter spor og ting som ikke passet i den daglige faunaen. John og Torstein gikk bortover til plassen der lykten ble funnet, satte fra seg sekkene og lette omhyggelig med en radius på fem meter. Ola valgte ett område rundt dette og jobbet seg innover for å overlappe. Bjørnar nærmet seg dem, og skimtet noen uvanlige spor, nesten som streker som strakk seg fra brøytekanten og innover mot skogen, han fulgte merkene omtrent ti meter før de var borte, nesten som om de hadde forsvunnet i løse luften. Han vinket John frem for å vise ham det han hadde sett. John huket seg ned og lot en finger berøre kantene sporet hadde laget, for å prøve å danne et bilde av hva det kunne vært. Han så på mønsteret bortover, og noen små forhøyninger hver fjerde centimeter som indikerte at det kunne dreie seg om kjettingmerker. – Hvem drar med seg kjettinger ut i skogen? Tenkte han høyt. Hvem drar med seg meter med kjetting? Han tittet på Bjørnar spørrende. Bjørnar tenkte og sa – Nei, ikke lett å skjønne seg på folk. Det som er rart er at merkene plutselig blir borte. Det er ikke tegn på noe verktøy, eller maskinbruk i nærheten. Men her borte er det et lite hull ned i den kompakte snøen. Så om det er det jeg tror det er, så minner det om et felle oppsett.

- Felle?

- Ja om det har vært et ankerpunkt her, kan kjettingen vært festet i dette punktet, og så være strekt mot stien.
- Men om det har vært en felle, hva skulle fanges? Og hva har det eventuelt vært i enden på kjettingen på stien?
- Hm, Bjørnar sitt urverk jobbet, noen ulovlige jegere finnes det dessverre, men det er unormalt å gjøre det tett inntil en sti, det er vanlig å sette ut feller ute i skogen.
- Hva er målet med fellene?
- Nei, mange liker jo ikke ulvene blant annet, og bjørn. Mange rovdyrhatere som gjør alt for å ødelegge faunaen til egen vinning, sa Bjørnar med skuffelse i stemmen, men når jeg tenker meg om så kan dette minne meg om en bjørnefelle. Det er en type klapp felle, med tenner på to sider, og en vekt med plass til åte i midten. Den klapper sammen om noen tar åtet eller tråkker på den, på oss vil den slå inn rett under kneet. Det er en forbannet pine felle. Har hørt om dyr som til og med har gnagd av seg foten for å komme løs. Noe forbannet dritt er det!

Bjørnar begynte så å fortelle historien om tidens største bjørnejeger om vi skal tro sagnene. Han tittet mot trærne og begynte å prate om finnetorpet ved navn Tyskeberget: -På Toppen av Tyskebergshetta kan man se minnesmerke over bjørnejeger

Daniel Tyskeberget.

Historien forteller at denne mannen, som levde mellom 1778 og 1856, skjøt opp mot 100 bjørner i sin tid. Det fortelles også at han en gang holdt på å sette livet til oppe på Tyskebergshetta i møte med en bjørn. Daniel var ute for å sette snarer og skyte "spellfugl" da han oppdaget en bjørn oppe i brattene ovenfor seg. Som den bjørnejeger han var så prøvde han et skudd mot bjørnen selv om børsa ikke var ladet for dette formålet og det gikk ikke likere enn at han måte sette utfor bratta på ski for å unnslippe bjørnen. Etter det var han kjent for jobben mot svenskenes inntog på starten av 1800 tallet. Det kan man kalle en mann, eller Hva John?

John tittet på ham, og tenkte på barbarer og sofagriser, og fant ut at en mellomting der nok var definisjonen på en ordentlig mann: - Han var i hvert fall mer mann enn jeg kan tenke meg, er ikke noe glad i mus engang jeg. I hvitøyet så han Torstein og Ola komme i mot dem. Torstein tittet ned på sporene, og tok noen bilder av dem, og noterte ned det Bjørnar mente det dreide seg om. – Men nå gutter, tar vi en liten kaffetår før vi vandrer litt videre inn mellom trærne, det ligger et lite torp omtrent to kilometer herfra, det nærmeste en kan kalle en bolig. Torpet er fraflyttet, så det er fort gjort å finne ut om det har vært noen der. Spor vil man alltid lage.

John hentet opp sin røde termos fra sekken, og helte kaffe over i stålkoppen, en brødskive med gulost ble fortært, mens han tenkte på om Marit kunne ha hatt ett ublidt møte med fellen. For det kunne jo være blod som var på stien.

De tok på seg ryggsekkene på ny etter den lille pausen, solen sendte sin varme mot trærne, slik at det spraket i barken, nesten på en måte som om trærne pratet med hverandre. Gjorde seg klare for gjester som ikke var invitert. John følte at trærne kommer tettere på ham, nesten litt kvalt jo lengre inn de gikk. Bjørnar stoppet opp, og snudde seg i mot dem: - Her har det vært noen, sa han opprømt, det er spor etter truger her. Så ikke dem tidligere for snøen var kompakt, men her har trærne lagd litt ly for kulden. Sporene går innover mot torpet, han tok fingrene ned på sporet. Sporet er hardt, så det har vært noen dager siden de ble satt. John kjente adrenalinet i kroppen, spenningen satt langt ut i fingerspissene. Tankene på å finne noen spor i det hele tatt i denne skogen var utrolig, Bjørnar var utrolig. Torstein knipset i vei på ny. Og de fortsatte videre innover, slingret seg mellom trær, mens sporene lå under føttene på dem. John ble mer og mer spent, var det noe på dette torpet? Eller fortsatte sporene videre innover? Hadde personen gått i et uskyldig ærende, bare for å ta en tur, eller hadde det skjedd noe tragisk?

Finnetorpet dukket opp i lysningen, Med sine gråaktige tømmervegger som lente seg lett over, virket det som om bygget var i ferd med å gi seg selv tilbake til naturen, la jorden overta jobben med å destruere, som vær og vind hadde gjort sitt ytterste på å gjøre. Litt lengre ned på plassen lå det ett lite tilbygg, her var taket for lengst borte, og kun tre lave vegger var igjen. Det så trist ut, men som han hadde hørt: - Nå råtner de gamle finnehjemmene ned, skogen vokser over det som tidligere var frodig åkermark. Skogen krever tilbake det den engang leiet menneskene.

Bjørnar kom tilbake til dem etter å ha tatt en spor runde rundt torpet, og han bekreftet at sporene stoppet. For ham så virket det som om den som hadde laget tråkket hadde gått opp i røyk. Han kunne ikke se antydning til flere spor.

- Da tar vi av sekkene karer og sjekker bygningene og torpet, manet John, vi må frykte det verste og vi har ingen tid å miste.
- Jeg og Bjørnar tar sørenden av torpet, sa Ola.
- Den er god, jeg og Torstein tar hovedhuset.

De gikk imot huset som så trist ut, med nedsenkede vegger, og et tak som så ut til å rase hvert sekund, de åpnet det som var igjen av døren. Den klaget åpenlyst på dette med en brakende lyd, som om noen skulle ha delt den i to. Inne var det litt lys fra noen flenger i taket, men de tok frem lyktene sine for å få med seg hver en krik og krok. De så trugesporene som vandret innover mot mørke vegger. Det var ikke mye å se inne, ett ildsted som ikke hadde blitt brukt på over hundre år var det største innslaget i rommet, som de regnet med fra stuen og samlingsplassen. Gulvet skrek sin klagesang under føttene deres. I enden av rommet var det en dør, de skjøv den opp og rester av noe de trodde var en sang lå i ett eneste stort kaos på gulvet. Lyset fra solen prøvde å tvinge seg igjennom møkk og frost på vinduet. Rester av spindelvevet fra i fjor hang som frost tråder fra taket. De lyste i alle kroker men så ikke noe som tilsa at noen hadde gjort stort her. De gikk ut i stuen igjen, sakte tok de den ene foten fremfor den andre, redde for å gå igjennom gulvet og frykten for å komme borti noe de kom til å angre på. Plutselig merket John et svikt i gulvet under foten hans. Han tok foten fort tilbake som en skremt mus, og lyste ned. I lyset kunne han se konturene av et mørkt kvadratisk felt. En luke til en krypkjeller! Og om det ikke er noe overnaturlig så har noen vært her. Det var mindre snø akkurat der enn andre plasser. John tittet opp på Torstein og så de massive forventningsfulle øynene hans.

John kjente det knyte seg i magen, spent på hva som kom til å møte ham. Han hadde en følelse i magen som han ikke kun sette fingeren på, den var ikke god. Han stakk ut hendene sine, og lot fingrene få tak på to av sidene, strammet fingrene rundt kanten, strammet musklene i armene og begynte å dra i luken. Den knirket og noe motvillig ble den med på å bli løftet. – JOHN!!! John skvatt til og slapp luken, slik at den falt ned i sin vante dvale. – Hva faen, hvem ropte? Torstein løp bort til vinduet: - Det er Ola, han har noe i hånden. Kom la oss gå ut og se. John fulgte etter Torstein ut, og skimtet hva Ola hadde i hånden. Det var en kjetting.

- En kjetting har vi vel alle sett før, sa John.
- Ja det har vi nok, sa Ola, men det er jo meget uvanlig at en ny galvanisert kjetting ligger på et fraflyttet torp John.
- Hva, er den ny? Han så spørrende på begge mennene som kom.
- Jepp helt ny, sa Bjørnar.
- Helt ny, og det er noe mer, sa Ola.
- Ja hva er det da, sa John.
- Jo vi tror det er blod på den, sa Ola og pekte.
- Blod? John tittet opp og ned på kjettingen og så de små rustrøde flekkene på metallet, ta med den Torstein, få den

sendt til teknisk med alt det andre, han tok seg til haka og klemte øynene igjen.

Torstein tok kjettingen i en pose og la den i sekken, mer alvorstynget nå. Frykten for at det hadde skjedd noe fælt var større. John gikk på ny inn i stuen, etterfulgt av dem alle nå. Han gikk ned på alle fire og tok tak i luken på ny. Tvinget den opp tross klagesangen, og tok lykten i hånden. Han kviet seg for å lyse ned, trakk pusten dypt inn igjennom nesen, kjente en eim av en kjent lukt, men kunne ikke setter fingeren på det. John tente lykten, og la seg på magen og tittet ned i mørket. Han så noe en liten meter under ham, men takket være den elendige pæren i lykten klarte han ikke å få ordentlig fokus. Han strakk den ledige hånden ut og fisket tak i det han så, og dro det opp i lyset. I hvitøyet kunne han se Torstein som styrtet ut døren. Hørte at han slet med å puste, som gjorde at han hostet og harket. De to andre tittet med skrekk på ham, og han flyttet øynene sine mot det han holdt. –Hva i helvete, faen, ikke tull, han ble helt satt ut av den han så. Han hadde ikke ventet noe slikt da han stod opp i dag. Det så ut som noe fra en humor butikk på hjørnet, lateks som man hadde på halloween. Men dette var ekte, dønn ekte. Han kjente kvalmen stige opp i ham, og holdt på å lide samme skjebne som

Torstein. Han svelget unna det han maktet, ingen sa et ord, bare stod der og så på foten som John hadde i et fast grep.

Han tittet på den likbleke huden, med senene som strakk seg utover foten som en bisarr pynt. Blodet hadde frosset så det så ut som jordbær smoothie, eller shave ice. Det så ut som om noen hadde tygget på foten og spyttet den ut igjen, neglene var lakkert røde, det stod bisart nok i stil til innmaten i foten. Den hvite benmassen lagde en brytning i blodet, som en øde øy med hav så langt en kunne se. Han klarte ikke å holde seg lengre, og la seg om på siden og kastet opp.

12

Man kan kun stole på seg selv, å stole på andre er en dødsdom for menneskeheten. Naturen er det vi trenger å forholde oss til, det å kjenne på smerte er noe som ikke gagner noen. Men frykten får oss alle til å leve på nytt. Å se frykten i andres øyne døyver smerten akkurat nok til å kjenne følelsen av å leve. Han tittet ut av vinduet og utover torpet, så på den uskyldshvite snøen som han innerst inne akkurat for øyeblikket kunne ønske hadde en annen farge... rødt og skittent.

Avdelingssjef Nilsen står med hendene på ryggen og ser ut av vinduet. Ser på byen som var verdens navle sammen med Lillehammer i 1994. Han ser på de forfrosne bygningene som strekker seg mot solen, og lengter etter et varmere grep. John sitter i sofaen og ser på hans stille positur, mens lyden av varmeanlegget surrer. John lukker øynene og legger hodet bakover, kjenner hvordan det jobber, veier ordene som ligger på tungen. Nilsen snur seg: - Hvordan er det med deg John?

- Det går bedre, sa han, bedre nå.

- Jeg skjønner at det må ha vært litt av et sjokk for dere, og for deg ikke minst.
- Det er som tatt ut av en dårlig film eller krimroman. Tanken på at noen kan skrive slik gjør meg kvalm, og når det faktisk skjer så er det som om magen snur og vender seg som en vulkan som er i ferd med å få utbrudd, sa han og prøvde å glemme det første sjokket. Noen der ute er faktisk så jævla syke sjef. Hvordan kan man sørge for at noen mister foten, og så ta med seg personen langt inn i skogen?

- Nilsen så på ham og ristet på hodet, lot øynene se mot lyden av varmeanlegget: - hvem vet det John, hvem vet det. Tror dere at det er Marit Jensen som dette har skjedd med?

- Jeg er nesten sikker sjef. Vi har funnet bevis på at det var hennes lykt som vi fant på stien, Torstein fant rester av noe vi tror er blod, vi har en kjetting med blodrester på, vi har en fot. Og når jeg åpnet luken så kjent jeg en eim av en duft jeg har kjent før. Og når jeg tenker meg om så var det lukten av Marit, det vil si lukten av hennes parfyme som møtte meg. Husker lukten godt fra da jeg var på arkitektkontoret, og nå fikk jeg kjenne den igjen. Den som har gjort det har mest sannsynlig holdt henne i kjelleren en kort periode, fant rester av mørkt langt hår også.

- Hva er planen videre nå John, og hvilken vei har dere tenkt å gå, ville Nilsen vite.
- Torstein jobber med bevisene vi har funnet, og har planer om å ta kontakt med Beate Abrahamsen angående hennes mann som er forsvunnet. Vi jobber med en teori om at dette henger sammen sjef. Vi frykter at vi vil finne flere bisarre ting i denne skogen.
- Mener dere at det har skjedd noe lignende med Abrahamsen? Vi vet jo ikke noe om det? Han kan jo ha en affære, stukket fra alt?
- Vi jobber ut fra alle typer teorier sjef. Kanskje det er Abrahamsen selv som har forvoldt Marit hennes skjebne? Eller så er han drept, og da har vi en seriemorder. Kanskje kjæresten hennes har mistenkt dem for noe. Vi vet hun hadde besøk da han var borte? Kanskje sjalusien har tatt overhånd? Det er mange spørsmål sjef, og vi skal finne ut av dem på en eller annen måte.

Beate Abrahamsen sitter på avhørsrommet. Hun virker grå og trist, fjern. Hun ser ustelt ut, og har på seg mørke klær, som en sørgende enke. Hun ser ned på hendene sine, beskuer dem fra alle vinkler. Stryker seg over håret, og lar fingrene søke ned til bordet. Legger den ene håndflaten på bordplaten, løfter den opp igjen og ser det fuktige merket den har satt igjen. Ser den kryper sammen som en skygge som møter solen, dunster bort. Hun stirrer tomt foran seg, og vil helst synke ned i jorden. Torstein kommer inn med to kaffekopper, og setter seg ned på den andre siden av bordet. Kremter lett.

- Hei fru Abrahamsen, her har jeg med kaffe til deg, godt å ha noe å varme seg på her inne, sa han med en lett stemme.
- Tusen takk skal du ha, sier Beate lettere forvirret, har dere funnet ut noe mer om min mann?
- Etter at vi fulgte de siste opplysningene og utsagn fra vitner, så stoppet alt på Namnå. Vi gjorde søk med hunder, men sporet stoppet helt opp dessverre. Men det har skjedd noe annet som vi håper du kan hjelpe oss med. Det viser seg at en kollega av din mann også har blitt borte.

Beate tittet forundret opp på ham, la armene på bordet: - Hva sier du, er det flere? Hvem har blitt borte? - Det er en dame som heter Marit Jensen, hun satt i resepsjonen på din manns arbeidsplass, hun forsvant dagen etter din mann fra sin hjemplass på Svullrya.

- Ah hun som spiser menn til frokost, sa hun oppgitt.
- Hva mener du, ville Torstein vite, hva mener du med å spise menn til frokost?
- Hun var slik, fortsatte hun, Kåre nevnte hennes være måte. At hun visste åssen hun skulle få menn på kroken. Hun lokket dem til seg som ett edderkoppnett sender signalet til edderkoppen om at det er mat å få. Hun brukte menn som andre brukte truser. Hun la hendene sine ned i fanget og stirret tomt på dem. Torstein ble overrasket over det hun sa, var hun bare sjalu på denne jenta eller var det sannhet i det. – Ble din mann lurt opp i nettet, fortsatte han, og vet du om flere som hun hadde et godt øye til?
- Min mann ville aldri ha gjort det tror jeg, han var åpen og ærlig og sa ting som dem var. Han var kanskje for ærlig? Og andre menn, ja hun prøvde seg på alt som kunne krype og gå. Sjefen til Kåre var en av dem, Leif Leknes.
- Så hun lå med sjefen? Hvordan kan du vite dette?
- Kåre hadde jobbet sent en kveld, og han syntes han hadde hørt noe borti gangen. Han hadde gått for å sjekke og da hadde han sett dem i full gang på kopirommet. Tenk deg det? På kopirommet! Det er som tatt ut av en dårlig roman, hun gliste skjevt, og tok en slurk av kaffen.

Torstein ble overrasket over det hun hadde å fortelle, det hele luktet av sjalusidrama. Han noterte ned alt hun sa, og tenkte på om kjæresten til Marit visste om hva hun gjorde bak hans rygg: - Vet du noe om Lars Børli, samboeren til Marit? Hun ristet på hodet og virket overrasket over hvordan et slikt kvinnemenneske i det hele tatt kunne ha et parforhold. Torstein takket henne, og lovte at han skulle gjøre alt for at hun skulle få sine svar om sin mann. Hun takket ham og gikk ut døren. Torstein tittet på henne, og prøvde å føle hennes tunge sorg, og mange spørsmål. Hun var helt nedkjørt.

Sjalusien er den beste motgiften man kjenner mot kjærligheten.

Den dreper den garantert

– hos den annen part.

John ble overrasket over opplysningene som kom frem etter samtalen, og han stod med flere spørsmål enn svar. De måtte få tatt en tur til Kongsvinger for å få pratet med Leif Leknes om det som hadde kommet frem av møtet med Beate. Hadde Kåre så rent mel i posen som Beate sa, var han så trofast og uskyldsren som det hadde kommet frem av hennes utsagn? Eller var han blitt borte for han var redd for at sannheten om hans affære skulle komme for en dag? Hva med Beate selv, hadde historiene som Kåre fortalte om Marit Jensen fått sjalusien og frykten for utroskap fått henne til å drepe? De kunne ikke utelukke noe, selv ikke drap på både Kåre Abrahamsen og Marit Jensen. De måtte få Lars Børli inn til avhør, og få sjekket hans alibi. For motivet var der. Motivet for å drepe ett menneske. Og hans motiv var det ingen tvil om hva var... sjalusi.

13

Telefonen uler ut sin sjørøvervise om skatt og avslapping, John trykker på den grønne tasten og svarer. I den andre enden hører han den rolige stemmen til Per.

- Hei John, alt vel?
- Nja, alt er bra med meg, men denne saken jeg driver med står det ikke så bra til med. Enn med deg da Per, alt bra?
- Alt kunne nok vært bedre, men jeg ringer angående saken din. Det gjelder forsvinningen til Kåre Abrahamsen.
- Har du noe info i saken? han var overrasket. Fungerte jungeltelegrafen i politiet?
- Ja du skjønner, begynte Per, vi skulle foreta ett raid mot en gjeng narkomane. I håp om å få tatt de som selger all denne dopen. Det ble et helvetes kaos med rot og kaos. Og vi kom ikke noe nærmere enn det vi har vært før. Men på ett av rommene fant vi en pc bag med noen initialer på.
- En pc bag sier du, hva har det med saken vår og gjøre Per, ville John vite.
- Jo initialene er K.A., sa en opprømt Per.

- K.A., Kåre Abrahamsen!! Har dere funnet den, hvor var dette raidet henne da? Fant dere noe i bagen?
- Vi gjorde raidet på Roverud, og bagen var tom…
- Pokker, utbrøt John
- … bortsett fra ett dokument som lå i det ytterste rommet, avsluttet Per.
- Hvilket dokument er det snakk om? Noe som er vesentlig for hvor han kan være, eller hva som kan ha skjedd med ham?
- Det er en utskrift av en mail som han har hatt liggende der. Jeg tar og fakser den opp til deg John. Og pc bagen er allerede sendt oppover. Men du jeg må i et møte, vi tar opp tråden en dag.

Klikk, og det var stille i den andre enden. John var spent og løp ut i gangen til faks maskinen. Han hørte ringesignalet, og ett pip, og så dokumentet komme glidende ut imot ham. Han tok papiret og gikk inn på kontoret og satte seg og så på det, og gjorde store øyne. Opprømt ropte han på Torstein, og han kom løpende inn til ham. – Se her Torstein, vi har fått tak i et dokument som Kåre har mottatt på mailen sin. Dette er et spor uten tvil. Han begynte å lese opp: - Dette er sendt fra frost1@gmail.com, og under står det følgende.

*Tusenårsvinteren har kommet, og den forlater oss ikke uten deg.
Den vil du skal kjenne den mørke og kalde fortvilelsen den har.
Og sjelen din som er så tom, men enda har den skarpe tungen, så
falsk som Midgardsormen, ikke lagt bånd på seg. Men nå kommer
mørket og gjør en ende på dette og ditt falske åsyn vil ikke lengre
bli å finne blant slavene på jorden.*

*Tusenårsvinteren kommer, med isende kulde og mørke. Og den
venter på deg... ute...*

- Dette er jo for pokker et trusselbrev, utbrøt Torstein. Noen bruker vinteren som et metafor på noe som skal ta ham!
- Det er det Torstein, har vi fått åpningen vi ventet på? Vi må prøve å finne avsenderen gjennom å søke opp hans e-post. Og vi må prøve å få tydet brevet, finne ut hva avsenderen egentlig mener, men en trussel er det.

John følte en liten seier, endelig et lite steg fremover, endelig noe håndfast. Men kunne dette bety at han var drept, hadde mørket tatt ham.

Lars Børli satt som et stort spørsmålstegn inne på avhørsrommet. Han virket nervøs, og ute av seg selv. Den høye lyse mannen, som antakelig var sjarmerende, så nå ustelt ut med rødsprengte øyne, etter netter med lite søvn. Han gikk nesten i ett med veggens grå og ru overflate. Han tittet på speilbildet av seg selv, og likte ikke det han så. Han vred hodet bort igjen og så på det triste linoliumet på gulvet. Han følte seg like utdatert som fargen på gulvet. John kom inn i rommet og så bort på denne skapningen som kunne ønske han ikke var her. Han tok permen han hadde under armen og slang den på pulten foran Lars. Lars skvatt til, og så opp på mannen foran ham. John søkte øynene til Lars, og så bare mørke, og ikke noe håp i dem.

- Har dere funnet henne, begynte Lars, lever hun?
- Vi har ikke funnet henne, og vi kan ikke vite åssen tilstand hun er i dessverre, sa John.
- Hvorfor anholdt politiet i Alvdal meg, jeg har jo ikke gjort noe galt?!
- - Vi valgte å anholde deg så vi vet hvor vi har deg. Vi synes det var rart at du ikke har meldt Marit savnet. Og alibiet ditt er ikke helt vanntett.
- Meldt henne savnet? Alibi? han virket forvirret, jeg kunne da ikke melde henne savnet, jeg var jo ikke hjemme. Vi hadde ikke kontakt daglig når jeg var borte. Vi var to voksne mennesker som ikke følte for å rapportere til

hverandre for hvert steg vi tok. Og hva mener du med alibi?! Jeg var da på oppdrag i Molde, han var irritert og frustrert nå.

- For meg så virker det rart at et så kort samboerforhold som dere har bak dere så har dere ikke kontakt med hverandre når dere er borte fra hverandre. Jeg hadde selv kjent på savnet om jeg hadde vært borte lenge fra mine kjære. Og at du var i Molde er helt greit, men ikke de aktuelle dagene da hun ble borte. Det har vi sjekket med firmaet du jobbet for og ditt hotell der borte. Han så på Lars, hvordan hans øyne søkte etter en liten luke så han kunne rømme med vinden.

- Men, eh... det stokket seg helt for Lars, han klarte ikke å få ordene ut. Han tok en svelg med vann og fortsatte... vi er begge selvstendig voksne mennesker, og vi pleier vår kjærlighet når vi er sammen, og smaker på savnet når vi er borte fra hverandre. Man skal kunne kjenne savnet for å kunne elske hverandre. Vi hadde hver våres liv, og lot hverandre få være to individer, og smelte sammen som et da vi var sammen.

- Kjenner du henne godt? Jeg mener kjenner du alle hennes sider? Ville John vite.

- Ja jeg kjenner henne godt selvfølgelig, han ble overrasket over spørsmålet, hva mener du med alle hennes sider? Hun er ei herlig jente, hun er alt jeg kunne drømt om å få. Hun er smart, morsom, pen, sexy.. ja alt det en mann kan drømme om.
- Alt det en mann kan drømme om, fortsatte John. Hadde hun noen sidesprang som du vet om? Eller har du hørt om noen har nevnt noe om slikt?
- Sidesprang? At hun var utro? Nei det vet jeg ingenting om, det lyste sinne av øynene hans nå.
- Så du visste ikke noe om noe slikt? Det var rart for vitner har hevdet at du var på arkitektkontoret på Kongsvinger og skjelte ut en som jobbet der for akkurat det med å holde fingrene unna Marit. Kan du forklare det?

Lars Børli ønsket seg bare bort. Kjente at hjertet føltes som en tung stein som kunne få ham til å drukne på sekunder om han hadde vært i vannet nå. Kjente føttene bli feid bort under ham. Han tittet med rødsprengte, skremte øyne opp på John: - Jeg visste det, hvisket han, jeg visste det. Hun holdt meg for narr den hora, han hisset seg opp, begynte en kamp mot det gode og onde i seg selv. Tårene rant nedover kinnene hans og laget en liten dam på bordet, han tittet opp i taket, jeg visste det Marit, hører du??

Hvorfor gjorde du dette mot meg? Jeg trodde du var min og min alene, hvorfor følte du for at du ville dele deg med andre, han gråt mer. Hvorfor i helvete skulle du ødelegge alt?!! John så på hans fortvilende oppførsel, hans kamp med seg selv. Krigen mot gleder og sorger. Han hørte Lars sine fortvilte gurglende lyder og snufsing: - Hvordan visste du hvem du skulle konfrontere? ville John vite.

- Jeg overhørte en telefonsamtale Marit hadde en dag. Jeg hadde kommet tidligere hjem, og hørte henne fra stuen. Hun lo og fniste, flørtet åpenlyst med noen, kjente at blodet bruste i kroppen min. Det siste hun sa var at de skulle sees på jobb i morgen, og sette av tid til hverandre. Jeg latet som ingenting den kvelden, og bar heller smerten av bedraget inni meg. Det var så vondt, så fryktelig vondt. Dagen etter hun reiste på jobb kjørte jeg etter henne. På kontoret ble hun møtt av en mann som hun ga en klem. De gikk inn døra til kontoret og jeg braste etter. Jeg fulgte etter mannen og presset meg inn på kontoret hans og skjelte ham huden full. Jeg var så forbannet, jeg hadde lyst til å slå, men gjorde det ikke, Marit stod bare nede og måpte.
- Men hvorfor gikk du til Kåre Abrahamsen?

- Det var kun han som var der, og regnet med at det var han som var den som gjorde det med Marit, han begynte å gråte igjen.
- Sendte du ham dette? spurte John og viste ham utskriften av mailen.
- Nei jeg har ikke skrevet det, sa han og lukket øynene. Og du jeg reiste fra Molde til Alvdal fordi...
- Fordi?
- Fordi jeg ville opp i skogen og gjemme meg, la naturen få meg til å våkne igjen.
- Våkne i naturen?
- Ja jeg har alltid elsket skogen, skogen leger mitt sinn, og stillheten og roen sender meg inn i meg selv. Men du, jeg kunne aldri gjort Marit noe, selv hva hun gjorde med meg, så kunne jeg ikke ødelagt et hårstrå på henne, hun er perfekt.

John tittet på ham og så hans lille glimt i øynene hans da perfekt dukket opp på hans lepper.

- Jeg henter noe kaffe til oss, sa John og gikk ut.

Torstein ventet på ham ute i gangen: - Jeg har undersøkt litt videre om Lars Børli, og han har ett strafferegister. For fire år

siden ble han arrestert for en voldsepisode på et utested i
Elverum. Han fikk fire måneder i fengsel for det. Grunnen til
dette var at en fyr hadde lagt an på en date han hadde. For to år
siden ble han på ny tatt for besittelse av narkotika. John tok
arkene i hånden, hentet to kaffe og gikk inn til Lars igjen.

- Fortell meg om dette. sa han og overrekte papirene til Lars.
- Jeg… jeg… jeg hadde ikke hodet på rett plass da. Jeg er ikke voldelig av natur, og han ga seg ikke, han bare fortsatte, nesten som om jeg var luft. Det var vondt og ikke eksistere, og da gikk det i svart for meg, og det med narkotika, var en liten bønne med hasj, som jeg hadde med meg til en fest. Vi har jo alle gjort våre feilskjær, sa han bedende om et samtykke fra John.

- Hva vet du om jakt, fortsatte John, om bjørnejakt?
- Jakt? Jeg jakter ikke, jeg beundrer skogen og dens mangfold. Og bjørnejakt? Eksisterer det? Det høres grufullt ut. Jeg er ikke glad i jakt, er nok derfor jeg er vegetarianer, fortsatte han.

- Da avslutter vi dette for i dag, har du noen du kan være hos. Føler at du ikke skal være alene i den tilstanden du er nå.
- Jeg har ei søster på Elverum, jeg kan være der noen dager.
- Fint, sa John, vi tar kontakt med deg igjen.

Ute i gangen ba John Torstein om å få noen til å holde vakt utenfor søsteren til Børli sitt hus, slik at de kunne følge hvert et steg han tok, i hvitøyet fulgte han de tunge stegene til Lars, når han gikk mot heisen og på vei ut i den isende luften.

14

Hun kunne kjenne pusten fra noen bak henne, herregud, det er noen der... hun ville se, men turde ikke, hun prøvde å løpe, men knakk sammen. Hun gråt, gråt og ba om tilgivelse for alt urett hun hadde gjort, ba om å slippe. Prøvde å skrike høyt etter hjelp, men det kom bare et gisp. Da kjente hun en hånd ta tak i hennes ødelagte fot og dra til. Marken og tusenårsvinteren på samme tid...

Stjernene blinket klart på himmelen, med den store månen som lyste opp skogsbilveien. Snøen lå tett og fint mot trærne, som en dyne som bevarer bakken under den. Veien slynger seg som en orm igjennom skogen og rundt alle trærne. Det knirker av frost, og snøen ser ut som krystaller foran ham. Han er på vei tilbake til huset sitt etter å ha hentet posten som er ca to kilometer unna. Han har alltid forbannet dette opplegget med at posten ikke kjører innover denne veien, men han valgte jo selv å sette opp huset inne i skogen, sa da måtte han pent ta til takke med en tur hver dag. Og han slo seg til ro med at det var jo faktisk bare fordeler med en god tur hver dag. Skogen hadde vært som balsam for sjelen hans i hele hans liv. Brisen som fikk trærne til å vaie lett, og lyden av løvet som lager herlige melodier. Det grønne frodige som smører øynene, alt dette var herlig, men nå var det kaldt og trærne var nakne og triste. Mørket gjorde det enda verre syntes han, med alle de rare lydene som han aldri kunne sette fingrene sine på hva var. Men dette var som alle andre dager, hente posten og inn å sette seg foran tv-en. Glemme alt om tid og sted, og bare flyte rundt i et tomrom.

Han gikk på skogsbilveien, satte den ene foten omhyggelig foran den andre, lot månen vise ham vei igjennom skogen. Han stoppet, lukket øynene og hørte etter alle lydene som var der ute. Prøvde å gjenskape dem med dagslys i sitt hode for å finne ut hva det kunne være. Men det var helt stille, ikke en lyd i det hele tatt. En ubehagelig stillhet, som ett varsko om at noe lå i gjerde. Han begynte å gå igjen, tenkte på den forferdelige regningsbunken han hadde i hånden. Strøm, huslån, telefon, forsikring, avgifter han stoppet seg selv fra denne depressive tankegangen og trasket i vei. Han tittet opp på den klare stjernehimmelen, prøvde å tyde stjernebildene mens han kjente at slimhinnene i nesa holdt på å fryse igjen. Ut av ingenting hørte han en uhyggelig lyd, nesten som ett barn som skrek ut i smerte. Han stoppet for å lytte, helt stille... der var det igjen... lyden gikk igjennom marg og bein, han kjente hårene reise seg på kroppen. Lyden var grufull, som om noen var i nød, eller hadde enorme smerter. Lyden kom nærmere jo lengre han gikk, han ble mer og mer urolig. Han gikk fortere, balanserte i det ene hjulsporet som var godt nedkjørt. Plutselig var det helt stille igjen, ikke en lyd, eller hørte han noe. Hva var det? Var det noen som gikk der ute? Han kunne sverge på at han hørte noen lyder i snøen. Han må jo ha innbilt seg det, ristet av seg tankene og gikk videre. Der var lyden igjen, den skrikende røsten, og den var nærme, han kunne nesten kjenne varmen fra pusten som laget den. Han kjente frykten vokse i ham, kjente det prikket i fingre og tær. Kjente at hårene i nakken reiste seg, hjertet pumpet så kraftig at han følte en stikking i brystet. Herregud fikk han hjerteinfarkt her ute? Han prøvde på noe som lignet en krampeaktig kapp gang. Isen, snøen og det smale sporet gjorde det å løpe til en umulighet. Han kunne sverge på at han hørte spor i snøen til venstre for seg, de hadde like rask gange som han. Eller var det bare ekko fra ham selv som slo tilbake fra trærne? Han ville ikke stoppe og lytte etter, han ville bare komme seg i hus. Han hørte skritt til høyre for seg, herregud er det flere her ute? Skriket slo i mot ham som en tåkelur, han ble krittende hvit i ansiktet, kjente at kroppen nektet å lystre hans innerste ønsker. Alt stoppet opp i ham. Lyden hadde skremt ham noe infernalsk. Han hørte skrittene som hadde bremset opp, og listet seg i mot ham. – Hvem der? ropte han, men ikke noe svar. Bare stillheten fikk han tilbake fra skogen. Han så seg til høyre og venstre, snurret rundt en gang så brillene datt ut av brystlommen hans.

Hvor lenge må jeg slåss mot mørket,
det bekmørke rommet.
Det er fryktelig
slitsomt,
Hva skjuler seg der?

Han fortsetter mot huset sitt, prøver det ene benet foran det andre, hodet jobber fortsatt med ham. Han føler at noen leker med ham, prøver å skremme han til vanvidd. Han klarer ikke å kontrollere pusten sin, holder på og hyperventilere. Kjenner kvalmen komme som en reaksjon av frykten. Kjenner kulden sniker seg inn i alle åpninger på jakken. Kjenner den som en isende hånd som tar rundt ham. Han ser huset sitt nå, ser det varme lyset fra stuen kommer i mot ham. Han kjenner håpet stige på ny. Han føler det er noe bak ham, vurderer om han skal tørre å snu seg eller bare fortsette rett frem. Skriket dukker opp rett bak ham, han skvetter og 69

snur seg i rent innfall, herregud hva er det?! Han kjenner hjertet falle sammen med ham, han
faller sidelengs bakover ser med skrekk på noe han aldri kunne drømt om at han kom til å se.

Tiden står stille.
Rommet kommer bare mot meg
klemmer meg.
Hvisker ensom, ensom.
Drar meg ned i skiten,
holder meg der nede.

Han ser hodet foran seg, hodet der hvor øynene har rullet innover og tungen henger ut av munnen. De bisarre blodrestene som henger langs halsen og som egentlig skulle fortsatt om det var noen skuldre der, det skriker et smertefullt skrik. Han kjenner kvalmen komme, brekker seg. Stirrer på det møkkete og blodstenkende håret som strekker seg forbi der nakken skulle vært. Herregud! Han prøver å krabbe videre, men blir stoppet av ett par føtter foran ham. Han kaster et lite blikk oppover, og ser to isende øyne stirre på ham, og ser glansen fra bladet på øksen som skinner mot månen. Dette er slutten tenker han for selv, mens bladet fra øksen skjærer igjennom luften og deler hjernen hans i to. Mørket hadde tatt ham og kulden hadde overtatt nok ett liv.

Tusenårsvinteren

Utenfor vinduet kunne John konstantere at et nytt kraftig snøfall hadde ankommet. Enda en dose med det hvite kalde pulveret ovenfra hadde lagt en ny hånd over landskapet. Og skogen hadde fått en hvitere drakt på seg. Igjen kunne man høre om kaoset på veiene, klagene på elendig brøytejobb og de mange ulykkene som var kommet. Han grudde seg til turen i bil til Kongsvinger på kong vinters igjennsnødde veier. På ny skulle han kjøre med hjertet langt oppe i halsen. Han gikk ut på trappen og tok en røyk, fant fram kosten og sopte trinnene nedover. Kranglet seg igjennom snøen og bort til bilen, så den hvite snøfonnen, famlet frem med hendene og fant dørhåndtaket under det isete laget. Han åpnet døren så all snøen raste inn på førersetet, bannet litt og vridde om tenningen. John smalt igjen døra og gikk inn for å ta seg en varmende kopp med kaffe.

Det gikk smått på vei nedover til Kongsvinger, bilene var som gamle mennesker med rullatorer, det gikk smått og usikkert. John parkerte borte ved rådhuset og gikk til   arkitektkontoret, bare for å finne ut at døren var stengt. Han tittet inn igjennom ruten, men

det var helt mørkt der inne. Han slo telefonnummeret som stod på døren, men ikke noe svar i det
hele tatt. Han kontaktet Torstein for å få hjelp til adressen til Leif Leknes, og det gikk ikke lange stunden før han hadde den. John satte seg i bilen, stilte inn gps'en på adressen han hadde fått. Granli, here we come.
Femten minutter senere var han på vei inn en skogsbilvei mot huset til Leknes. Han kjørte pent innover de humpete og svingete veiene. Forbannet seg over de lumske veiene folk hadde laget før han parkerte foran ett hvitt hus med to etasjer. Ett typisk 80-talls hus med knekk i taket. Vinduene i stuen var store, og lys veltet ut av dem. Han ringte på men ikke noe svar, han sjekket døren men den var låst. Han tittet nedover skogsbilveien, på de snøtunge trærne, og hvite slettene bak dem. Han satte seg i bilen, og kjørte smått nedover igjen. Ikke mange meter fra huset stoppet han. John syntes han så noe mot det ene treet som blafret i den kalde brisen, og han gikk ut av bilen. Han tok tak i konvolutten og så det var adressert til Leif Leknes. Han tittet rundt seg for å se om han fikk øye på noe mer, men det var ikke noe å se. Han gikk noen meter foran bilen, og da han satte ned den ene foten knaste det under skosålen. John bøyde seg og tok opp ett par briller. Han løp bak i bilen og hentet frem en liten kost han hadde der. Han rev kosten ut av bagasjerommet, og løp i en oval linje frem til der han hadde

funnet brillene. Han kostet febrilsk ny snøen som var kommet, og avdekket noe han fryktet. Under snøen skimtet han en rustaktig farge komme til syne, han blåste varme fra munnen og smeltet snøen over det han så… blodet skinte i mot ham som rødsausen i riskremen man har til jul.

Han satt fortsatt på kne i nysnøen da han kontaktet kripos for å få dem til å hjelpe og sjekke området. Han kjente fortvilelsen vokse. Enda ett menneske var tatt, og det luktet sinnssvake handlinger. De var oppe i to kanskje til og med tre som var tatt av dage. Han tittet opp mot tretoppene, frustrasjonen spredde seg helt ut i de forfrosne fingertuppene hans. Som de to andre forsvinningene så var denne plassen også helt øde fra andre mennesker. Ingen har hatt noen mulighet til å høre rop om hjelp, ingen kan ha sett noe. Dette er uten tvil nøye planlagt, og med skogen som gjemmeplass så er det som å lete etter den berømte nålen i høystakken.

Torstein fikk fremskaffet et bilde av Leif, som han sendte over på mobilen. Kripos dukket opp noen timer senere, og John var på vei i sin bil til Svullrya.

Han satt med kaffekoppen i hånda, og på bordet stod det et lite fat med småkaker. Han orket ikke tanken på dem nå, men en kaffe var helt i orden. Han lette frem bildet på telefonen sin, og viste det frem:

Kan det være denne mannen du så på besøk hos Marit Jensen? lurte John på.

- Bildet er jo ikke det største jeg har sett, hun hentet brillene sine og tittet på ny. Ja det er ham, jeg kjenner igjen det lange ansiktet, og den høye viken i pannen. Det er garantert ham, sa hun med en fornøyd mine. Han har vært her noen ganger, overnattet i hvert fall ett par netter.
- Du er hundre og ti prosent sikker?
- Du kan nok legge på enda litt til, sa hun og smilte triumferende mens hun lot hånden gli igjennom det tykke håret.

John fisket opp Lucky pakken og tok en sigarett i munnen, tente på og kjente at nikotinen og alle andre giftstoffer roet han ned litt. Han følte at når han fikk svar på et spørsmål så dukket det alltid opp ett par nye han måtte ta stilling til. Han kastet et blikk opp mot vinduet, og så den nysgjerrige nabokonen stod i vinduet og beskuet ham. Han likte ikke brysomme naboer til vanlig, men hun her var faktisk gull verdt i etterforskningen deres. Han kastet resten av røyken ut på veien, og satte seg inn bak rattet, klar for en ny berg og dalbane tur på de fryktelige veiene på denne *tusenårsvinteren.*

15

En isblå vinternatt ble himmelen plutselig sort. En mørk skikkelse ble sett vandrende over de frosne slettene på Finnskogen. Ryktene om ham spredte seg utover skoger og bygder.

Mellom veldige skogvidder, ranke furustammer og isbelagte lender vandret han. Og da bygdefolket oppdaget ham ved klippen, ble ryktene satt til livs. Det ble sagt at den mørke ofret det som kom i hans vei til skoggudene - og til ondskapen. Ingen våget å gå ham i møte, i frykt for å se skinnet fra slakterøksa. Han var ikke den skikkelsen folk ville møte i mørket, synet av han ville få blodet i årene til å fryse til is. Hans iskalde øyne, hadde den samme refleksjonen som øksebladet. Folk og dyr som ikke kom i ly tidsnok, ble ett av hans mange offer. Han kløyvde både fe og mann i to, og kastet dem over klippen, og ned i juvet. Det sies at ondskapen ville ha en bro av blod over juvet. Og han gikk til verks igjennom de sene nattetimer, mens ulven sang hans klage mot månen. Ondskapen hadde sitt tak i den mørke, og hans livløse øyne søkte freden de aldri fikk.

Det onde hadde sine kalde fingre over det gode, og det var den onde som vandret mellom dem. Bygdefolket var overbevist om det. De skuttet seg og ba om at han måtte forsvinne. Da bønnene deres ikke ble hørt, og han fortsatte å vandre hvileløst rundt dem, for alltid å ende opp ved klippen, bestemte folk seg for aldri å gå dit igjen. Ryktene om den mørke vandret blant folk i mange år. Og det sies fortsatt at man kan høre økseslagene borte ved klippen, som små vinge slag fra kråkene treffer den det myke vevet.

De iskalde øynene stirrer mot den mørke skogen, og ørene var som en sonar, leter etter lyder. Lytter etter vingeslagene som lager ekko i mellom trestammene. Ser for seg den hvite snøen blir overtatt av den røde, dampende væsken. Ser trærne blir svarte og ravnene flyr rundt ham. Han kunne se Ukko, himmelens hersker, som gjorde dette utrolige mulig, denne *tusenårsvinteren*... Han gliste, så de hvite tennene kom til syne. Gliste med tanken på disse toskete politimennene som aldri kom til å skjønne hva som hadde skjedd. Han så dem hele tiden, og de ante ingen ting, han gikk i ett med skogen. Han tittet mot løa på andre siden av torpet, smilte for seg selv. Tenkte på det som var der inne, det var en tilfredsstillelse. Det skapte indre ro, han gikk i ett med naturen, ingenting kunne ødelegge dette for ham. Han hadde ikke mye igjen nå før han fikk full tilfredshet. Full harmoni, glede... *Takk*

Ukko for tusenårsvinteren, takk for kulde, is og snø... endelig kunne han leve... endelig kunne han slippe alle hemninger... endelig kunne han bli ett med skogen... det var tid for ham...

Han fant frem en dolk av bein, tok den mellom tennene. Rev opp sin skjorte og lot frosten bite ham på det nakne brystet. Han tok dolken og risset inn en strek over det frosne blottlagte området, en som gikk mot høyre, og en som gikk mot venstre var der allerede. Den nye ble lagt horisontalt over disse, det formet en A, med en lengre strek horisontalt... *Pentagrammet... det beskyttende tegn...*

John tittet ut på det evige tåkehavet som lå som ett tett slør rundt Oslo. Han prøvde å skimte operahuset som lå rett over E-18 fra hotellet. Men så ikke antydningen til konturene på det engang. Han tittet ned mot gaten under vinduet, men det eneste han så var arbeidere og hissige drosjer som suste igjennom rundkjøringene. Han og Jenny hadde sjekket inn på Thon Hotel Opera i går kveld, etter en hektisk tur igjennom Oslo sentrum. Det hadde vært en stund siden han hadde vært i Oslo, og den sedvanlige avkjøringen til Oslo S var ikke der mer. Den nye tunnelen hadde sendt dem helt over til Sentrum Vest, og turen bar igjennom hektiske Nationaltheatret, over Karl Johan, og gjennom trange sidegater før de endelig fant Oslo Sentralstasjon. Ikke den mest magiske reisen han kunne ha forestilt seg, kjente at stresset hadde jobbet seg langt over hårtuppene, men den herlige følelsen av vellykkethet da de hadde kommet trygt frem. Vellykket over å ha mestret billister største mareritt, bykjøring. Og nå stod han å så inn i en vegg av hvitt. Oslo sin stolthet lå rett foran ham, men han kun ikke se en dråpe av det engang. Stakkars japanere som stod der med sine Canon kameraer til tusenvis av kroner, og prøvde iherdig å knipse arkitekturen og sine nærmeste som gliste med tennene som nesten hoppet ut av munnen, uten å få så mye som en marmorstein på bildet. Han hørte Jenny skru av dusjen på badet, og så henne åpne døren så hun tåkela rommet deres på samme måte som sløret som lå ute. Han tenkte på alle hendelsene i skogen mens han tittet tomt ut av vinduet, tenkte på gleden av å slippe skogen bare for en liten stund. Tenkte på gleden av at han og Jenny kunne få tatt en tur sa men igjen. Tenkte på turen på kriminaltekniske laboratorium i Brynsaleen, som ikke hadde gitt så mye hjelp enn det de allerede hadde. Funnene var brillene og blodet, mye blod, men det var ikke mulig på nåværende tidspunkt å finne ut hvem det var sitt, men det som kunne bekreftes var at det var ett menneske. Han dro hånden over øynene, hvilte dem litt og grublet stille for seg selv, helt til en myk stemme avbrøt ham: - Er du klar John, klar for å teste brosteinen i sentrum? Han nikket og fulgte henne. Kjente duften av hennes parfyme kile i nesen, duften av sommer og varme.

Etter flere timer i byen, opp og ned Karl Johan, og inn og ut av butikker var John ferdig i badekaret og var klar for å ta med Jenny på Big Horn Steakhouse på Aker Brygge. Han gikk ned i baren og bestilte en gin tonic mens han ventet på at hun skulle bli klar. Han satt og nippet til drinken mens han beskuet alle menneskene som hastet forbi på fortauet på andre siden, han tittet mot heisen og ventet å se Jenny i vinduet på den. Han sugde i seg resten av dråpene idet Jenny kom, og de gikk ut i nærmeste drosje og kjørte bortover til rådhuset. Det var surt og kaldt på vei bort til restauranten, folk hadde trukket kragene og skjerfene så godt under ørene som det var mulig å få dem, som skilpadder som prøvde å gjemme seg inne i skallet fra fiender. På restauranten var det fullt allerede, så de ventet i baren til ett bord var klart for dem. Telefonen vibrerte i lommen på buksen hans, han tok den frem og så det var Torstein som ringte. John svarte og hørte Torstein sin lette stemme. – Heisann, sorry at jeg forstyrrer men ville bare gi deg beskjed om at fru Abrahamsen tok kontakt i dag, hun ønsket en samtale med deg sa hun. Hun ønsket ikke å si mer på telefon, men hun håpte at du kunne ta turen til henne i morgen. Det gjaldt mannen hennes. Torstein virket lettere oppjaget og spent nå. – Jeg tar kontakt med henne i morgen jeg, avsluttet John og la telefonen tilbake i lommen. Jenny tok hånden sin på låret hans og smilte: - Ikke en eneste fridag for deg kjære. Han smilte lettere oppgitt, og ville bare nyte disse timene med henne i kveld før hverdagen kom og vekket ham brutalt. Han var glad han hadde Jenny, uten henne hadde han vært som vinden: Blåst bort for lengst.

16

Nordatlantisk oscillasjon (NAO) er et komplekst klimatisk fenomen som observeres nord i Atlanterhavet, og henspiller på de klimatiske variasjonene mellom Island *og* Asorene. *Fenomenet kjennetegnes hovedsakelig av sykliske fluktuasjoner i* lufttrykket *og endringer i* vind- *og* trykksystemene *over* Nordatlanteren.

NAO ble oppdaget i 1920-årene av Gilbert Walker. NAO er en av de viktigste årsakene til klimatiske fluktuasjoner i Nordatlanteren, det øvrige Europa, Middelhavet og så langt øst som de nordlige delene av Sentral-Asia. Spesielt i perioden fra november til april forklarer NAO en god del av variabiliteten i de atmosfæriske forstyrrelsene i det nordatlantiske området, og dermed endringer i vindhastighet og vindretning, endringer i temperaturer og luftfuktighet, og intensiteten, frekvensen og retningen på stormer.

NAO-indeksen brukes for å beskrive tilstanden, og oppgis gjerne i «høy» og «lav». Høy NAO gir lavtrykk over Island i forhold til Asorene. Dette fører vinterstid til vestavind og mildvær i Skandinavia, kontra lav NAO som gir høytrykk over Island i forhold til Asorene og dermed østavind og kalde temperaturer over Skandinavia.

Variasjonene i NAO-indeksen går - som man ser av tabellen - ofte i perioder over tiår, men aller mest vanlig er femårsperioder. Gjennom 60- og 70-tallet var det perioder med høy NAO-indeks, og dette førte til kaldere vintervær. Dette er det samme fenomenet som førte til Kuldebølgen i Europa 2009-2010.

Kort forklart kan en si at bortfall av vindaktivitet over området mellom Island og Asorene fører til ekstremt kalde vintrer i Europa.

John hørte intervjuet suse igjennom radioen, og ristet på hodet. NAO for ham var likeså godt forkortelse for nei aldri orker ikke. Vær er vær, er det kaldt så er det kaldt, er det varmt så er det varmt, uansett så klager vi. Han svingte av mot Kvisler og kjørte over Glomma. Han så brøytekantene rage høyt langs veikanten mens bilen maste seg frem i kulden. Han parkerte foran huset til Abrahamsen og steg ut av bilen. Han så den massive ytterdøren åpne seg og Beate stakk hodet frem og inviterte ham inn. Inne kjente han lukten av nykokt kaffe og nystekte vafler. De satte seg på kjøkkenet, og Beate helte i kaffe og satte seg ned på stolen. Hun så sliten ut, man kunne tydelig se de mørke furene i ansiktet dominerte mer enn før. Hun virket mye eldre nå. Håret hennes hang livløst over de tynne skuldrene som skjulte seg under en brun slitt strikkejakke. Han tittet inn i åpningen til stuen og så en hodepute og ett pledd som lå delvis på gulvet over sofaen. – Hvordan går det med deg Beate?

Øynene hennes så triste ut da de møtte ham: - Det er tungt og ikke vite... det er tungt å ikke få svar, sa hun nølende, alt er tungt. Jeg klarer ikke engang å gå opp å legge meg i sengen å sove. Orker ikke å ligge der og tenke, stillheten er vond. Så ligger jeg på sofaen med tv apparatet på, bare for at hodet ikke skal jobbe så fryktelig, hun tittet ned i kaffekoppen, tok den gråaktige hånden mot håndtaket på koppen for å løfte den opp.

- Du ønsket å prate med meg?
- Ja, det er noe...
- Hva da?
- Jo jeg fant noe i lommen på buksen til Kåre.
- Hva fant du?
- Jo... jeg... jo jeg fant, hun stoppet opp, jeg skulle vaske klærne tenkte jeg, så han hadde noe rent til jobben skjønner du. Ja plutselig står han her, og så har han ikke rene klær.
- Men du fant noe?

- Ja det var det ja, jo jeg fant en lapp...
- En lapp?
- Ja en liten lapp i lommen.
- Stod det noe spesielt på den?
- Ja det stod... eh... det stod...
- Ja?
- Jeg henter den, så kan du se. Jeg orker ikke skjønner du, sa hun og gikk til benken. Her har du den.

John fikk en liten krøllete lapp i hånden, han brettet den opp og leste det som stod på den, og tittet opp på henne og så tårene trille nedover kinnet hennes.

- Tenk at jeg ikke visste...

John tittet på henne og prøvde å finne på noe fornuftig å si, men han kom ikke på de rette ordene, bare så ned på lappen igjen og på teksten som stod der. *Tusen takk for den herlige stunden vår i går. Marit.*

- Hvordan kunne han kaste bort alt?
- Jeg vet ikke hva jeg skal si Beate, men jeg kjenner følelsen så altfor godt. Vet åssen den kan rive deg opp

innenfra. Bare tanken på at mennesker du har nærmest kan gjøre noe slikt. Jeg beklager Beate.
- Det er ikke du som har gjort noe, du trenger ikke beklage deg. Men han, min mann, min eneste, min beste venn. Jeg hadde aldri trodd...
- Kjenner du godt til henne?
- Jeg nei, jeg har bare hilst på henne igjennom jobben hans.
- Han har aldri nevnt henne på noen måte?
- Nei, ingenting. Ingen verdens ting, sa hun og nippet til kaffen. Blåste på den av vane selv om den var blitt kald nå.
- Jeg har en følelse av at Kåres forsvinning henger sammen med et par andre tilfeller.
- Å?
- Ja, både Marit Jensen og deres sjef Leif Leknes er forsvunnet.
- Hva sier du?
- Alle tre har blitt borte like mystisk som Kåre, bare med få dagers mellomrom.
- Herregud, men hva kan ha skjedd?
- Det er det vi prøver å finne ut av, vi holder alle muligheter åpne. Vi har drevet søk i skogen, og det skal vi fortsette med, for skogen er enorm.

- Og mørk…
- Ja og mørk. Hadde bare kulden gitt slipp litt så hadde vi kunne dekket mer enn det vi klarer i sprengkulden.
- Ja vinteren er lang den, vinteren i år er helt spesiell, tusenårsvinteren er det vel de kaller den, sa hun og tittet med tomme øyne ut av vinduet.

På kontoret stod vifteovnen og durte sin klagesang utover rommet, mens den brente støvet i luften slik at det luktet svidd. Lukten irriterte neseborene så fælt at de vibrerte som en galopperende hest som gjør feil i travet. Han satt med lappen foran seg på pulten, tittet på den krøllete og slitte formen, med farge rester av mørk dongeri i kantene. Han ser sammenhengen med forsvinningene til mennene. Begge hadde et forhold til Marit. Men visste de om hverandre eller hadde hun klart å holde dem adskilt. Hvorfor to fra samme jobb? Hvorfor eldre menn? Og hvorfor var hun blitt borte, og mest sannsynlig drept? Hadde begge mennene vært i hennes hjem, eller var det kun Leif Leknes? Visste Lars Børli om hennes utsvevende liv mens han var borte? Hadde nabokona fortalt ham det, eller hadde han tatt dem på fersken, eller pratet han sant da han sa at han ikke visste noe? Hodet var fullt av spørsmål uten svar, og det irriterte ham noe grusomt. Han følte han gikk rundt seg selv, uten noen svar i det hele tatt. Han måtte tilbake til huset til Marit, og en ny samtale med Lars var på sin plass. Og de måtte komme seg ut i skogen igjen, lengre inn i den mørke Finnskogen, for der lå svarene på spørsmålene han hadde.

17

John setter seg opp på sengekanten, titter ned på de små tærne som ligger lunt oppe på det lyse floss teppet. Han klør seg i øynene og prøver febrilsk å bli kvitt trettheten i kroppen. Han tenker på det ubehagelige som skjedde på torpet, på foten han stod med i sin høyre hånd. Øynene beskuer hånden, uten å se antydning til noe, bar fantasien om at han fortsatt holder den blodige foten der. Han kjenner kvalmen stige i halsen. Prøver å tenke på noe annet, rister på hodet, for å legge det litt lengre bak. Han tenker på blodet under snøen hos Leif Leknes, på øynene han følte fulgte ham på Namnå. Hvem gjorde dette? Hvem hadde mage nok til å gjøre slike ting? Bare syke mennesker kan ødelegge andre mennesker.

Radioen ulte ut sanger om kjærlighet på kjøkkenet, mens han stod med hodet nede i vasken, for å kjøle ned tankene og frykten. Jenny var for lengst reist på arbeid, klokken var allerede ti, og John hadde ikke noen hast med å komme seg av gårde. Han følte seg sliten og maktesløs, kjente stikking i ryggen. Kaffetrakteren på kjøkkenet surklet og klaget om mangel på vann, den var ferdig.

John tok glasskannen og helte det svarte innholdet over i en kopp med en rose på. Vårtegn, tenkte han for seg selv, og skiftet kanal på radioen. En fanfare hørtes og tiden for lokale nyheter på Solørradioen var kommet. Blant nyhetene om flyktningmottaket på Våler og faren om for mye avskoging på Åsnes, kom nyheten om forsvinningene de holdt på med. De hadde intervjuet avdelingssjef Nilsen om hendelsene, og spurte om hva vi i politiet gjorde med dette. Nilsen var politisk korrekt, og røpte minst mulig av saken, men ga samtidig de svarene som reporteren ønsket å høre. Han kunne ha blitt en forbasket god politiker, med sin måte å legge viktig informasjon under teppet, og sine valg av ord. Reporteren ramset opp navnene på de som var blitt borte, og informerte om tips telefonen som man kunne kontakte. Mystikken på Finnskogen ble nevnt i en bisetning, men denne veien ville ikke Nilsen gå. –Overtro ga jeg meg med for en bøtte med år siden, var svaret hans. Reportasjen ble etterfulgt av været som reporteren ramset opp fra yr.no, siden som aldri klarer å spå været som det skal være. Men kaldt ja det skulle det fortsatt bli. Vinteren som aldri kunne slippe taket, og så drønnet det ut med Ole Ivars sin campinglåt.

Ola stod og snurret på barten sin da John kom inn døren. – Næmen hei John, trodde du hadde frøsi fast je nå, sa han med litt dialekt sleng og smilte igjennom bartehårene. Nesten som en ekte trønder, tenkte John.

-Senga var forlokkende i dag Ola, men du derimot var oppe lenge før hanen galte?
- Nei stod opp når reven skrek jeg, sa han.
- Reven skrek?
- Ja den hersens reven skriker som ett menneske i nød av og til. Det skjærer langt inn i marg og bein skal jeg si deg.
- Å?
- Det nærmer seg våren for den, og det er en del av parringsritualet med disse skrikene, men det kan egentlig like så godt ha vært ett rådyr som har varslet, høres ut som et fryktelig unge skrik. Det er vekkerklokke det John.
- Høres ikke ut som om morgenstund har gull i munn der i gården da?
- He he, det er en vanesak det, det er en vanesak som alt annet. Pistolskudd i Oslo, dyrelyder her. Liker best det sistnevnte, sa han med ett gutteaktig glis i ansiktet.

John tok tak i kaffekoppen foran seg på bordet og tok en stor svelg, kjente den bitre smaken legge seg klamt rundt tungen, og kile ham på drøvelen: - Fy pokker Ola, bytt ut denne First Pricen, den er grufull! Ola begynte å le: - Spare tiltak skjønner du John, vi har litt mindre penger å rutte med en Hamar, he he. John lo med før han fortsatte: - Kunne du tenke deg å bli med meg til huset til Marit Jensen igjen? Føler vi står litt fast så vi har nok ikke vondt av en liten runde til der.

- Tja, nølte han, jeg har egentlig noen viktige saker å ta meg av. Blant annet farstmåling på Grinder, og et tilfelle av nasking på Nille, men jeg kan vel skvise deg inne.
- Morsom Ola, morsom.
- Nesten alltid, han viste frem de flekkete kaffeguletennene sine.
- Tenkte vi kunne ta turen i morgen tidlig? Mens issvullene fortsatt ligger der?
- Ikke noe problem, sa Ola.
- Jeg har en liten avtale på Kongsvinger i dag med en gammel venn i politiet, sa John og slurpet i seg resten av *søggelet* han hadde fått servert.

John parkerte på utsiden av Kongssenteret og så på alle folkene som hastet inn i varmen fra frostbittet fra utsiden. Han blåste ut røyken fra munnen, og så dottene haste oppover mot atmosfæren, hans bidrag til global oppvarming. Per hadde ringt ham i går kveld, og ønsket å treffe ham over en kaffekopp og for å få tatt en prat. Dette hadde vært lenge siden nå. Per Andersen satt på det innerste bordet vendt mot bakgården på senteret. Den lyse luggen hans var i myk kontrast til hans hissige røde ansikt enten av solarium eller at det var over 50 grader forskjell på inne og ute. Han satt med en mørkstripet skjorte, og så på livet rundt seg. John gikk inn til kassen og kjøpte seg en kaffe og gikk ut og satte seg på stolen foran Per. – Hei John, lenge siden sist, sa han mens han klødde seg lett på halsen. Går det bra med deg? Kommet noe videre i saken?

- Videre og videre, vi finner nye ting, men det blir mer spørsmål enn svar. Bortsett fra at saken går trått så kan jeg ikke klage på resten, enn med deg da?
- Jo da, han nølte og trakk en hånd igjennom håret sitt, jeg... hva skal jeg si, det kunne vært bedre, sa han nølende.
- Hva er galt?
- Altså tynger samlivsbruddet meg, jeg sliter med det. Trodde ikke det skulle være så tungt men klarer ikke å legge det bort. Altså at det går ann å ha det vondt når den du har det vondt for har ødelagt deg. Helt tåpelig.
- Jeg beklager Per, jeg trodde ikke at det satt i enda, det er jo over ett år nå, er det ikke?

- Jo det er det, men tanken på at hun som har holdt meg for narr, skal ha det så lett mens jeg skal slite, det er helt for jævelig. Jeg føler at magen vrir seg rundt, at noen holder hjertet mitt i hånden og presser til så hardt de kan. Det er pokker så vondt John. Herregud, hadde ikke trodd at det fantes slike smerter, han ble blank i øynene og den røde hissige fargen i ansiktet ble om mulig enda mer rød.
- Jeg vet ikke hva jeg skal si, klisjeen er at jeg sier dette går bra bare ta tiden til hjelp er du nok lei av å høre, men det er det eneste fornuftige jeg har å si. Og av egen erfaring så stemmer det. Jeg møtte Jenny ett par år etter mitt brudd, og hun har vært der for meg fra dag en. Hun var der fra dagene som jeg oppdaget sykdommen jeg hadde eller har. Vi tok det sammen, hun har vært som en bauta, selv på mine dårlige dager så er hun der for meg, av og til så er jeg redd for at mitt humør skremmer henne bort. Men det er ikke det jeg ønsker, jeg ønsker å ha henne der 24 timer i døgnet. Hun er mitt alt, hun er det jeg lever og ånder for. Så etter det jeg har opplevd selv så vil tiden lege alle sår, selv hvor dypt de sitter hos oss. Vi er bygd slik Per, i motgang blir vi bare sterkere.
- Mhm… Per veide ordene bokstav for bokstav, jeg prøver John, tro meg jeg prøver. Noen dager er bedre enn andre,

tror vinteren trykker oss lengre ned. Gjør at vi tenker dumme tanker, tunge tanker, vi graver oss inn i oss selv. Psyken får seg en ekstra knekk. Sinnene våre blir svarte, vi tenker på å gjøre gale ting, han la hodet sitt i hendene sine.

- Jeg vet åssen det er, og nå med denne vinteren vi har så sliter selv de aller sterkeste av oss, vi blir som små barn som egentlig bare ønsker å komme inn i mors liv og få tryggheten og varmen tilbake. Den smale sti er en vanskelig sti med mange hindringer, men vi skal ikke la oss lokke inn på andre veier, for da er vi ute å kjøre. John tok resten av kaffen i en svelg og betraktet Per.
- Det er noe mer, begynte han, det er at... jeg har... har hatt ei jente. Han satt bakoverlent i stolen med armene i kors, som en beskyttelse. Hun er... var noe av det beste som har hendt meg på lenge. Men... han stopper opp
- Men det er jo bra, eller?
- Jo, men kanskje ikke. Huff...
- Hva er det Per, hva er det du ikke forteller? Hva har skjedd?

- Du vet også hvem det er, alle vet hvem det er. Kanskje jeg har skremt henne bort fra alt. Kanskje jeg har villedet henne. Kanskje hun fikk panikk, eller han fant det ut?
- Fullfør setningene dine Per, ikke noen gåter, hva prøver du å si?
- Hennes lange ravnsvarte hår duftet så deilig, hennes vakre hender var så myke. Hennes form var så yppig, og med de nette brillene på hennes nette nese så var hun rett og slett skjønn. I sengen var hun en tiger, vill og rå, men ellers var hun som ett lam. Hennes hårbånd med tegnene på kinesisk som betød *du er alt som skal til før livet kan leves.*

John kjente at hjertet pumpet raskere, og venen i halsen ble kraftigere, hva sitter han og sier. Han ser på rødheten i ansiktet til Per. Hadde han gjort noe han ikke skulle gjøre? Eller hva mente han? Pokker Per, hva har du gjort? – Vet du hvor hun er Per? Per snudde på hodet og så ut i handlegaten, og ristet svakt på hodet. – Nei jeg aner ikke, hun ble plutselig borte for meg. Jeg fikk panikk da jeg så hun var lyst ut som forsvunnet, og det var satt i gang søk etter henne. Kanskje jeg var for innpåsliten, krevde mer enn jeg kunne få? Skremte henne bort? Eller hadde kjæresten hennes fått rede på det og gjort noe med henne? Alt jeg rører i blir ødelagt, jeg er som vinterens kalde hånd som legger alt øde og i dvale. Jeg ødelegger mer enn jeg gir liv John, jeg er ferdig som menneske. Han begynte å gråte, en tåre falt ned i bordplaten som et glass som knuste og ble til støv foran øynene hans. John så på ham, og prøvde å finne noe trøstende, men ble målløs og tenkende. – Per, hvor var du den tredje? Ikke noe poeng å gå rundt grøten, John visste at Per ville skjønne det. – Jeg var i gruppen som raidet narkoreiret på Roverud, Nesten hele stasjonen var med på det. Har vel bodd mer på stasjonen enn hjemme i det siste. John satt og betraktet en mann som virket helt slagen, som en slange på en sykkel som har stått hele vinteren, helt uten luft. Tappet ut litt og litt over tid, til det har blitt en slange uten noen hensikt, bare et skall igjen. – Vil du ha en kaffe til Per? Han nikket til svar og John gikk inn til kassen og bestilte to kaffe til. Ett minutt etterpå stod de foran ham rykende varme, med skummet som fløyt ubestemmelig rundt. Han snudde rundt og gikk ut, bare for å se at Per var borte. Han hadde forduftet som en cowboy som red inn i mot solnedgangen, som en slagen mann helt uten luft.

18

Åstedet er Svullrya i Grue ved elva Rotna. Plassen som har akkurat det du trenger men ikke noe mer. Bensinstasjon, barneskole, barnehage, butikk, overnatting, kafeteria, museum og en kirke. Stedet hvor det proklameres egen republikk den andre helgen i juli hvert år. Republikken Finnskogen representerer en tre-dagers feiring av finnekulturen, avholdt i forbindelse med Finnskogdagene. Her løsrives et lite område av Finnskogen til en republikk, som har sitt eget flagg, og ledes av republikkens president, og en regjering som velges hvert år.

En skikkelse stiger ut av skogen i ly av mørket, og med månens stråler som gir gjenskinn i snøen. Hans isende øyne glimter i kapp med snø krystallene på bakken foran ham. Det knirker under skoene. Han ser opp mot stjernehimmelen, smiler av tilfredstillese. Bruker trærne som skjul, lar de mørke stammene kom tett imot hans kropp, tar vare på ham, gir ham ly. Han stopper og lytter, vil være alene vil være usynlig. Han hører trærne sprake som en applaus for hans jobb. Han høster ære fra skogen og dens mørke side. Foran ham ser han den svarte tjæren komme i mot ham, asfalten. Han trer ut av snøen og over på den komprimerte steinen. Han ser seg rundt, og ser ikke annet enn den svarte tungen som slynger seg i mellom trærne og snøen. Han følger den mens hans knuger godt rundt en liten pose i sin venstre hånd, kjenner stikkingen på brystet som brer seg som en søt smerte igjennom kroppen. Han humrer for seg selv, tenker på de skrekkslagene blikkene. Tilfredsstillelsen over å ha gitt dem det de har fortjent. Sett frykten deres, uforståelsen i deres sinn. Hørt på bønnfalingen og tiggingen når de har skjønt at de kun har minutter igjen å leve. Hørt skrikene når han har tatt og skjært i deres hud og kjøtt. Sett den herlige varmen stige opp fra deres åpne kropper. Den nakne huden som ble fylt av det røde vakre. Kjent sødmen på tungespissen, gleden og forlystelsen. Han stoppet og så over på husene som lå lett spredt bortover sletten. Han stilte seg foran ett av dem, og så de store vinduene som lokket ham i mot. Som en kvinnes bedende øyne som ønsket at han skulle komme og ta henne. Der hun spredte sine ben, klar til å bli besteget. Han gikk opp trappen, stoppet på utsiden av døren og lyttet, helt stille. Ikke noe lys, bare mørke. Han tok tak i dørhandtaket og trykket ned. Låst. Han bannet for seg selv, men roet seg fort. Der det stod en urne til og med på vinteren, var det som regel en nøkkel. Det er en uforsiktighet bygda viser. Og der var den, blank og fin, nøkkelen. Han vred om i sylinderen, knepp, og åpnet døren forsiktig. Han steg inn i den mørke gangen, lyttet. Han gikk videre inn i stuen, så på alle tingene som stod der. Så på det systematiske oppsettet av ting. Det knirket bak ham, var det noen her? Han snudde seg, helt tomt. Det var nok kulden som hilste ham igjennom veggene. Han smilte igjen, åpnet posen og la innholdet i en glassbolle som stod på stuebordet.

Tusenårsvinteren.

John og Ola parkerte foran huset til Marit Jensen, bak den lille poloen. De ser opp steintrappen til huset, den eneste veien det går an å komme seg opp dit nå. Den eneste muligheten for å komme seg opp. Resten av tomta er en enorm snøhaug, som om huset er sprengt frem fra intet. Det ruver over plassen, bryter seg frem fra trærne rundt, invaderer guds frie natur. John titter ut over skogen rundt, ser hvordan trærne strekker seg bønnfallent opp mot himmelen, ønsket om sol og varme for frosne røtter. Strekker seg etter lyset. Hører elva bruser under det tynne islaget, jobber seg fremover som en evighetsmaskin. John låser opp døren og trer inn i huset, kjenner kulden som har lagt beslag på huset. Glad for at han selv ikke har ett hus fra syttitallet med pappvegger hvor kulden kan komme inn når den måtte ønske. Han setter på lyset i gangen, og skal til å gå videre da han hører ett lite klask på gulvet. Vann? Ikke mye, smeltet snø? Har det vært noen her? Han nikker til Ola, og de tar frem våpen, det kan være folk her. Det har i hvert fall vært noen her. Ola går kjøkkenveien, og John går innover gangen og sjekker alle rommene. Ingenting. De møtes i stuen, de ser på hverandre, og ser ned på gulvet. De små dråpene med vann hilser dem velkommen, og lokker dem fremover. Kvalmen kommer stigende opp igjennom halsen igjen, og nå er det ingen vei utenom. John og Ola løper ut og brekker seg. Ser matrestene fra i går som blander seg med det uskyldsrene, det hvite. De hiver etter pusten, ser på hverandre, og rister på hodet. Hva faen var det? Tenkte John, hva i helvete var det?! Han tok seg en røyk, måtte roe ned nervene, tok tre dype drag og kastet sigaretten inn i skogen, og gikk med små barneskritt inn på stuen igjen. Han gruet seg, kjente det vokse i magen på ny, herregud hva var det som lå der? I en liten glassbolle på stuebordet, som et lite kunstverk, lå det et lite stykke menneske i en saus av rødt blod. Tuppen lå og duppet i overflaten, og hilste dem velkommen. John kunne ikke dy seg, han måtte ut igjen, ut for å få luft, ut for å få ut resten av maten fra i går.

John satt på kontoret og ventet på at Torstein skulle komme inn med resultatene til ham. Han fikk ikke bildet av det grufulle ut av hodet. Bildet la seg sammen med de andre tingene han hadde sett de siste dagene. Alt var bare hinsides all fornuft. Det var sykt.

Han følte han var med i en dårlig film. En blanding av Rovdyr og Fritt Vilt. Norske skrekkfilmer på sitt verste. Han kjente han ble kvalm igjen, tok en slurk vann for å holde det hele i sjakk. Han tok seg til pannen, kjente at han kaldsvettet. Følte han hadde omgangssyken, bare psyken roet han seg med. Han så på klokken, utålmodig av å vente på han. – Hvor pokker ble han av? Han tenkte tilbake på turen tilbake fra Svullrya, verken han eller Ola hadde sagt et ord. Begge satt i en form for sjokk eller transe. Det var ikke dette de hadde regnet med å finne, pokker hvem hadde regnet med å finne noe slikt? Det var rett og slett sykt og makabert, og ikke minst frekt. Åssen kan noen gjøre slikt, å hovere på denne måten? Torstein banket på døra og steg inn, i hånden han ett par ark. – da har vi fått noen svar allerede, sa han. For det første det dere fant var en penis i nesten hele sin stolthet, han tenkte seg om og vurderte ordbruken, blodet det lå i er det samme som er fra penisen. Det sykeste er at penisen ble kappet av mens personen fortsatt var i live. Det viser blodlevringen av penisen. Det er med andre ord helt sykt. Denne personen er helt vridd i hodet det er det liten tvil om. Og siden funnet var i huset til Marit, og funnet av foten hennes, så er det definitivt samme person som har tatt dem begge. Vi kan ha med en seriemorder å gjøre John. John veide ordene som kom ut av Torstein munn, ordene han hadde fryktet å høre… seriemorder. – Så vi har en

galning som holder til i skogen, som kapper av folks lemmer?!
John var opprørt og forbannet. – Og det aller viktigste, Torstein tok en liten pause, det er at blodet matcher det som ble funnet hos Leif Leknes. – Sier du at det kan være Leif sin? John var oppjaget i stemmen. Hadde det seg slik at forbindelsen var Leif og Marit, og deres trolige forhold? Var det sjalusi det hele dreide seg om? Vi har fått et spor som linker sakene sammen, garantert.

- Sjalusi! utbrøt Nilsen.
- Ja, sjalusi, gjentok John. Det viser seg at i følge observasjoner så hadde Leif Leknes og Marit Jensen et forhold bak ryggen til Lars Børli.
- Så dette kan være et sjalusidrap? Eller flere vel og merke? Men da har vi vel den skyldige under oppsikt?
- Om det er Lars du sikter til så har vi et team utenfor hans søsters hjem hvor han oppholder seg.
- Tenk at sjalusi kan føre til drap, sa Nilsen. Sjalusi er en <u>følelse</u> og refererer til de negative tankene og følelsene av usikkerhet, frykt, og engstelse for et forventet tap av noe personen verdsetter, som et forhold, vennskap, eller kjærlighet. Sjalusi består ofte av en kombinasjon av følelser som sinne, sørgmodighet, og avsky. Sjalusi er en kjent erfaring i menneskelige relasjoner. Det har vært

observert hos spedbarn fem måneder gamle og eldre. Noen hevder at sjalusien er sett i alle kulturer, derimot, hevder andre sjalusi er kultur-spesifikke fenomen. Sjalusi som en følelse eller effekten av sjalusi har vært et tema i mange romaner, sanger, dikt, filmer og andre kunstneriske verk. Det har også vært et tema av interesse for forskere, kunstnere og teologer. Psykologer har foreslått flere modeller av prosessene underliggende sjalusi og har identifisert faktorer som fører til sjalusi. Sosiologer har vist at kulturelle oppfatninger og verdier spiller en viktig rolle i å bestemme hva som utløser sjalusi og hva som er sosialt akseptabelt uttrykk for sjalusi. Biologer har identifisert forhold som kan ubevisst påvirke uttrykk for sjalusi. Og dette John, er litt av et uttrykk. Det er som tatt ut av en dårlig film eller fortelling. Pokker John, Nilsen virket stresset og utilpass.

- Jeg vet, vi har en sak som rekker oss til halsen. Det er flere mil med skog å avdekke, alle svarene våre ligger ute i skogen ett sted. Jeg har allerede snakket med Ola Sorknes, om å ta en ny tur ut i skogen, og lengre inn denne gangen. Det er som å lete etter nåla i den berømte høystakken, men vi bruker magneter for å få den ut, John tenkte over klisjeen av en setning, men Nilsen svarte ikke bare nikket.

19

Hun satt der i en rød og blå strikkegenser, svarte joggebokser og hvite tennissokker. Hun så ut som om hun hadde løpt maraton, for svetteperlene hang nedover pannen, og kilte henne i munnviken. Hun satt og stirret tomt opp i koppen sin.

- Ja vi har kommet til deg for å høre om du har sett noe over veien? Noe som ikke stemmer?
- Tja, jo… altså det har jo ikke vært liv der på flere dager nå, hun stirret på den høye politibetjenten foran seg, og så hvordan han trillet på barten sin.
- Har du sett noen gå opp dit? Stoppet ved veien for å se, noe i det hele tatt? Ola prøvde å dra svarene ut av henne.
- Jo det var her for to dager siden tror jeg. Jeg stod i telefon med min svigerinne, og da stod jeg i det vinduet her borte ved spisedelen. Jeg kunne skimte noen som kom opp innkjøringen der da.
- Kan du utbrodere det?
- Ja, han virket som en… hva heter han… denne villmarksmannen… Monsen var det.

- Sier du at Monsen har vært her?
- Nei ikke han selv, men tenkte litt på han da jeg så denne figuren gå opp trappen der. Han gikk ordentlig kledd for tiden på en måte, og kledd for å gå i skogen. Og han hadde en liten pose tror jeg det var i hånden.
- Kan du beskrive han noe nærmere? Eventuelt når på kvelden var dette?
- Det var mørkt skjønner du, og lyset over hos Marit er jo ikke på. Når jo jeg skal hente mobilen min jeg, og finne ut når jeg snakket med svigerinnen min, hun travet opp til stolen på kjøkkenet, og lette frem mobiltelefonen sin. Det var klokken 22.55.
- Tusen takk skal du ha, Ola noterte ned i boken sin. Noe mer du tror er av interesse?
- Nei, ikke som jeg kan komme på nå i hvert fall, hun tenkte og klamheten i hendene hennes satte merker på koppen.
- Da takker jeg så mye for opplysningene, og så er det bare å ta kontakt om det er noe mer du kommer på, han reiste seg opp, tok luen sin og bukket.
- Det skal jeg gjøre konstabel Sorknes, det skal jeg gjøre.

Tusenårsvinteren har lagt sin kalde hånd over oss, og den vil ikke slippe taket igjen...

Han parkerte foran huset sitt på Hokkåsen, kjente kulden bite i ham i det han åpnet døra for å stege ut. Han gikk hurtig opp til inngangsdøra og låste seg inn. Lysbryteren ble slått på med ett kjapt håndslag, og det gule lyset skinte innover gangen. Han kastet av seg jakken, og sparket av seg skoene, og gikk inn i boden og hentet ett favn med ved. Trinnene klagde med knirkelyder da han gikk opp i stuen. Veden ble stablet pent inn i ovnen og en tennbrikett lyste opp inni den. Knitringen startet med en gang, og han gikk inn på kjøkkenet for å lage seg noe mat. Lyset ble slått på over kjøkkenbenken, og den mørke brune eikeplaten skinte i det kraftige lyset. Han merket noe kjølig under foten, og tittet ned. Han hadde tråkket i vann, iskaldt smeltevann. Hva pokker kom dette fra? Han tittet ut i stuen og så flere vanndråper, han tenkte at han mest sannsynlig hadde dratt det inn selv, og fortsatte med maten.

Bang.

Han snudde seg rundt, pupillene hadde utvidet seg og han kjente hjertet slå raskere. Hva var det? Han tittet ut i rommet, og lyttet... ikke en lyd. Han snudde seg igjen, og hørte plutselig klagene fra trinnene. Han så ned i mørket, men så ikke noe. Men det var da lys der i sted, var det pæra som hadde tatt kvelden? Han prøvde å myse ned, men så bare mørke og ikke noe annet. Han løp ut på kjøkkenet og hentet lommelykten han hadde i skapet, og lyste ned. Ikke noe. Hallo! Ropte han ned, men ikke noe svar. Han prøvde å liste seg ned, men trappen klagde med høye lyder, jo lengre ned han kom kunne han kjenne kulden komme i mot ham. Stod døren oppe? Men den hadde han jo lukket når han kom. Han tittet inn til høyre mot soverommet, helt stille. Med små forsiktige skritt gikk han ut i gangen, så ned og så masse snø som lå strødd og videre inn mot trappen. Faen er det noen her, han kjente stress svetten komme. Hvor var våpenet? Hvor faen var våpenet? Han åpnet safen i gangen og fant frem Colten sin, satte kuler i kammeret og gjorde seg klar.

Bang.

Faen hva var det, noe ute? Han tittet ut døren og så mot bilen, han så sideruten var knust. Han holdt pistolen i fast grep med begge hendene, lot blikket flakke frem og tilbake. Ingenting. Han tok noen skritt til fremover, og i hvitøyet følte han at det var noe. Han tenkte raskt frem og tilbake i hodet sitt. Gjør det kjapt, ikke tenk, bare gjør det. Han kastet seg kjapt til høyre, hevet pistolen og ropte: - PO...

Hva hadde skjedd? Han kjente smerten i nakken. Det var ikke noe til høyre, noen hadde stått rett bak døren til venstre for ham. Faen, han prøvde å åpne munnen men klarte det ikke, hva pokker var det som hadde skjedd? Det virket som hele kjeven var satt ut av spill, klarte ikke å åpne munnen. Han tok en hånd bak i nakken og kjente det varme som rant nedover. Blod, herregud blod! Hva pokker var det han hadde i nakken. Han kjente noe der men kunne ikke definere det. Han prøvde å komme seg opp i knestående, men datt ned på siden igjen. Han var svimmel og uvel. Snudde seg rundt og så to isende øyne, og gjenskinnet fra en øks som kom i mot ham som et prosjektil...

Tusenårsvinteren, mørket kommer og tar deg. Skogen har tatt deg tilbake, til evigheten...

Seriemord er mord på to (noen sier tre) eller flere mennesker i ulike hendelser over en tidsperiode. Seriemordere myrder som regel personer han eller hun ikke kjenner. Mordene begås for å oppnå en viss følelse, og mange seriemord er seksuelt orienterte. Tiden som går mellom hvert mord kan variere mellom timer, dager, uker, måneder eller år. Mange seriemordere er psykopater og har derfor som regel personlighetsforstyrrelser, snarere enn å være psykotiske. Seriemorderne kan derfor virke helt normale og ofte sjarmerende til vanlig. Seriemordere velger ofte ut «samme type» ofre og/eller myrder dem på mer eller mindre samme måte. Derfor er det ofte lett å koble mord til en seriemorder. Seriemord må ikke forveksles med massemord. Definisjonen på seriemord er at drapene skjer uavhengig av hverandre og over et kortere eller lengre tidsrom. Et massemord består av én enkelt handling der flere mennesker blir drept samtidig. Noen kan legge til årstider i forbindelse med slike handlinger. Psyken har en svingende kurve i henhold til vær og vind, samt livsfasen man er i. Amerikanerne definerer en seriemorder ut ifra noen påstander som blant annet er at seriemordere er generelt hvite ugifte menn, de har vokst opp med mor, og har ikke videre kontakt med far. 60 % har vært sengevætere helt opp til 12 års alderen. De har ikke høyere intelligens enn normalen. Mange viser interesse for pyromani og dyreplageri, de klarer ikke å holde på noen jobb over tid.

John la på telefonen og satte seg tilbake og prøvde å fordøye alle ordene psykologen hadde spredd utover på få minutter. En seriemorder er vel en seriemorder, tenkte han, så lenge man har drept mer enn en, så er det jo serie. Torstein kom inn og avbrøt det tunge tankemønsteret – Klar for tur John? Har snakket med spanerne på Elverum, og de er klar for en liten briefing med oss i dag. John nikket samtykkende. Spanerne hadde jobbet dag og natt for å holde Lars Børli under oppsikt, og en liten briefing var ikke dumt å ha nå etter de dagene som har vært.

De møttes på utsiden av kremmertorget på Elverum. Kremtorget var under full utbygging. Så parkeringsmulighetene var halvert. De så håndverkere som holdt på både høyt og lavt. Duren fra

alskens maskiner overdøvet alt som var. Det var en byggeplass med stor B. det blir jo sikkert bra til slutt men nå var det ikke mye trivelig å stå her. På andre siden av plassen så de en som vinket på dem, de gikk i mot ham og Torstein og John gikk bak i transporteren som stod der og møtte ei dame ved navn Anne Steen og en mann som hette Arild Børge. De
satt innerst i bilen, og så slitne ut. Anne var en jente i 20 årene, rødlig hår, høye kinnbein, blå øyne. En pen jente med veldreid og trent kropp. Arild hadde et firkantet maskulint ansikt, brune øyne, mørk i håret. En skikkelig kvinnebedårer ville folk tro. De fant fram notatene sine om de siste dagers jobb. Anne fortalte at det ikke var stort som hadde skjedd, Lars Børli hadde så å si ikke vært ute av huset i det hele tatt. Søstrene til Lars hadde reist med familien sin for ett par dager siden. Han hadde ikke hatt noen form for besøk i det hele tatt mens de hadde vært der. Klart noen minutter hadde det jo vært muligheter, da de måtte på do og slikt. Men vinduet var ikke stort til å gjøre noen videre sprell. De hadde ellers ikke merket noe unormalt rundt huset. Alt var helt normalt. *Klart noen minutter hadde det jo vært muligheter,* disse ordene gnagde inn i underbevisstheten til John. De kan ikke slippe noen av syne i sekunder en gang. Det er risiko, alle hull skulle vært helt tettet. Torstein takket for briefingen og ønsket dem god fri uke, siden det nå var tid for avløsning. Telefonen ringte, det var

Glåmdalen som ønsket litt info om saken som pågikk. John gjorde kort prosess og ba dem kontakte Nilsen selv. Han hadde ikke tid til slikt.

John satt og tittet rundt seg, så på tre menn som satt samlet og gestikulerte og pratet om løst og fast. De gikk med vegvesen uniformer og breket som om de eide hele plassen. Inntil vinduet satt det en gjeng ungdommer med buksene langt nede på knærne. Han hadde aldri skjønt konseptet med å vise frem boksershortsen til gud og hvermansen. Det kunne jo være en fare for at bremsesporene kunne synes. Han så småjentene som omflakket knebukse gruppen. Det var jo bare små jenter som kledde seg som eldre jenter. Med utfordrende klær som ikke overlot noe til tilfeldighetene. Han ristet på hodet, og tittet ned i VG. Her stod det om oljekrise og problemet med norske veier. Det siste var jo ikke rart for de som skulle jobbe med det satt jo her på gatekjøkkenet og skravlet i vei. Colaen freste når han vred om korken, den mørke leskende drikken var god for en tørr gane. Han kjente magen ble hissigere og hissigere mens han ventet på maten. – Pokker skulle de slakte kua og male kjøttet før bruk? John kjente irritasjonen stige i kroppen. Fastfood konseptet hadde for lengst gått over til very 92

slow food i hans øyne. – Cheese meny, låt en slingrende tynn jente stemme. John slentret opp
til disken og hentet maten. Han nikket til den svette jenta bak kassen, svett etter all varmen fra stekeos og frityrkoker. Hun prøvde å gi ham et smil tilbake, men det ble bare med forsøket. Hun var oppriktig lei av dette, det behøvde en ikke være menneskekjenner for å skjønne.

John satte seg ned ved bordet, og tok et stort tygg av hamburgeren, og kjente fettet renne nedover munnviken. – Fat food, en sjelden gang...

20

Historien om den norske seriemorderen Belle Gunness, som går under navnet "Lady Bluebeard" i USA, har fascinert i 100 år. Ett av spørsmålene har vært om det hodeløse skjelettet som ble funnet i det nedbrente gårdshuset til Belle Gunness i La Porte i delstaten Indiana virkelig er den norske kvinnen, eller om levningene stammer fra en annen kvinne. En rekke historikere og forskere mener at sistnevnte er tilfelle. De tror at Belle Gunness drepte en kvinne og plantet liket i gårdshuset, før hun tente på og forsvant.

Nå har forsker Andrea Simmons (47) og kolleger fra University of Indianapolis gravd opp skjelettet. DNA-tester skal avsløre om det virkelig er den norske seriemorderen som ble funnet i det utbrente gårdshuset, skriver the Courier News. - Jeg mener at det er viktig å få svar på om Gunness døde eller ikke i brannen i og med at hun var en seriemorder, sier Simmons. Belle Gunness het opprinnelig Brynhild Paulsdatter Størset. Hun ble født på gården Størsetgjedet i Selbu i 1858. Da hun var 22 år gammel, emigrerte hun til USA. Gunness giftet seg to ganger i USA. Hennes første ektemann var norske Mads Sørensen, som hadde emigrert til Chicago.

Sørensen døde få år etter giftemålet, og Gunness ble en velstående enke da hun fikk utbetalt livsforsikringen etter dødsfallet. I 1901 kjøpte Gunness et hus i La Porte, og året etter giftet hun seg med nordmannen Peter Gunness, som hadde to døtre. Kort tid senere døde en av døtrene mens hun var alene med Belle. Peter Gunness velger å sende den andre datteren vekk. Han døde da han fikk en kjøttkvern i hodet, og Gunness fikk igjen utbetalt livsforsikringen etter ektemannen. Ifølge the Courier News døde begge mennene under mystiske omstendigheter. Det var imidlertid først etter hennes antatte død at hun ble kjent som en seriemorder.

Ifølge avisen Herald Argus hadde Gunness reist inn til La Porte 28. april 1908, dagen før dødsbrannen. Her ba hun advokaten sin om å forfatte testamentet hennes. I tillegg kjøpte Gunness parafin. Tidlig neste morgen brant gårdshuset helt ned. Et hodeløst skjelett som man antok var Gunness, ble funnet i kjelleren. Gunness var en kraftig kvinne med maskulin kroppsbygning, men skjelettet som ble funnet, virket lite til å skulle tilhøre en kraftig kvinne. Det er imidlertid ingen tvil om at hennes tre barn på 11, 9 og 5 år omkom i brannen.

En uke etter brannen dukket Asle Helgelien, bosatt i Mansfield i South Dakota, opp i La Porte. Han fortalte at han lette etter broren sin, Andrew Helgelien, som hadde flyttet inn hos Gunness tre måneder tidligere. Helgelien fortalte videre at han trodde at Gunness hadde drept broren, og fikk overtalt de som lette etter hodet til Gunness, til å grave på eiendommen. Under gravingen ble det gjort grufulle funn. En rekke parterte kropper ble funnet, blant dem Andrew Helgeliens. Det offisielle tallet på drepte som ble funnet på eiendommen er ti, men eiendommen ble aldri fullstendig gjennomsøkt. Mange av de drepte var forgiftet, mens andre var slått i hjel, og Gunness var politiets hovedmistenkte. De fleste kroppene tilhørte menn. Men også tenåringen Jennie Olson, som var adoptivdatter til Gunness, ble funnet drept. I 1906 hadde Gunness fortalt naboer og kjente at Jennie hadde reist for å studere i California. Andrea Simmons anslår at Gunness drepte minst 25 personer, inklusive sine to ektemenn og tre barn. I tillegg ryktes det at Gunness drepte to spedbarn hun fikk sammen med Mads Sørensen. De skal ha hatt symptomer på forgiftning da de døde. Andre mener kvinnen står bak så mange som 40 drap, noe som i så fall gjør Gunness til en av USAs verste seriemordere. Årsaken til at man antar at antall drepte er langt høyere, er at Gunness averterte etter ektemenn i norskspråklige aviser etter at hennes to første menn døde.

Ifølge La Porte County Historical Society var det ikke mangel på friere. De ble overtalt til å bryte kontakten med familien, selge alt de eide og flytte til gården i LaPorte. En etter en forsvant mennene sporløst. Håndverkeren Ray Lamphere, som hadde en uoverensstemmelse med Belle Gunness, ble siktet for drap og ildspåsettelse etter brannen. Han ble dømt for det sistnevnte forholdet. Lamphere hevdet frem til sin død at Gunness hadde klart å rømme, og politiet i La Porte mottok brev fra folk som var overbevist om at de hadde sett Belle Gundersen i flere tiår etter brannen. Forsker Andrea Simmons håper at DNA fra frimerker på brevene Gunness sendte til Andrew Helgelien kan hjelpe til med å løse mysteriet om hvorvidt Gunness omkom i brannen eller ikke.

Bekkenet og overkroppen av den døde kvinnen skal DNA-testes, røntgenundersøkes og bli obdusert i slutten av november. DNA fra konvoluttene og levningene vil bli sammenlignet, men det er ventet at det vil ta flere måneder før resultatene er klare. Skulle det vise seg at det ikke er Belle Gunness som ble funnet i gårdshuset etter brannen, vil forskerne DNA-teste levningene av en Esther Carlson, som døde i Los Angeles i 1931. Carlson var tiltalt for å ha forgiftet og drept en rik mann, men døde før rettssaken kom opp. To innbyggere fra La Porte som kjente Belle

Gunness, så liket av Esther Carlson. De hevdet at det var én og samme kvinne.

John kjente han ble svett av det han leste. Hvordan kan folk var syke nok til å gjøre slikt? Handler det kun om penger? Han ristet på hodet over funnet av en av Norges verste seriemordere. Klart udåden ble gjort over "bekken", men stakkars alle tullingene som bet på og reiste over for å prøve lykken, og bare endte opp med ulykke. Verden kan dessverre være et sykt, sykt sted. Han klødde seg over neseroten og håpte innerst inne at det ikke var noen flere som skulle lide i denne saken nå. En seriemorder i Norge er i grunnen helt utenkelig. Vel leger har nok gjort sitt, med aktiv dødshjelp, men rene makabre drap er ikke hverdagskost. Han tittet bort fra dataen og strøk den ene hånden igjennom håret som føltes som om det trengte en vask. Han kjente røyksuget bygge seg opp i kroppen, kjente frustrasjonen og suget etter å roe ned kroppen. John kastet seg opp av stolen og dro med seg jakken fra stumtjeneren og strente ut for å få tatt seg en røyk. Han tente på sigaretten og dro nikotinen hardt ned i lungene, kjente giften sno seg igjennom halsen, presse den sunne luften ut av kroppen, og følte han ble grå i øynene. Han var avhengig av nikotin, det var ikke til å legge skjul på. Fingrene hans var blitt gule av tidligere tobakksrøyking, og Jenny hadde påpekt at han ikke hadde de hviteste tennene hun hadde sett, men de var gule av nikotin og koffein. To fingre søkte opp til nesen og han kjente duften av gammel sur nikotin, og det fikk ham til å kaste resten av røyken ned mot de hvite kalde krystallene.

Klart noen minutter hadde det jo vært muligheter. Han fikk ikke denne setningen ut av hodet, hva om Lars hadde kommet seg ut. Var det han som stod bak udåden? Var det sjalusien som hadde tatt helt overhånd?

- Torstein?
- Ja det er meg, er vel ikke mange som har det samme nummeret i dette landet, han lo.
- Vi må få tatt en prat med Lars Børli. Han har status som mistenkt i saken. Kan du få han ned til stasjonen?
- Om jeg kan John, om jeg kan. Koster meg ikke en halv kalori og taue inn folk, altså med modifikasjoner selvfølgelig.
- Godt Torstein... og du?
- Ja
- Jeg skulle helst hatt han inn i går.

John la på og gikk opp på kontoret for å ordne noen rapporter til Nilsen, i påvente av at Torstein skulle dukke opp med Lars. Han tenkte på det siste møtet med Lars, og la merke til hans bekymringsløse mine med tanke på beskjeden han fikk om at Marit, hans samboer, var borte.

Kaptein Sabeltann ljomet som besatt fra jakkelommen hans, han hentet den og tittet på displayet og så det var Glåmdalen som gjorde ett nytt forsøk med ham. Han valgte å avvise samtalen, han orket rett og slett ikke noe mediastyr. Fifteen minutes of fame var ikke noe for ham, han trivdes i skyggene.

John satt på dataen og tittet på emner om sjalusi som dukket opp, en linje bet han seg merke i: Kjærlighet avler sjalusi, og sjalusi dreper kjærligheten. Kan det være så bokstavelig? Han leste videre og leste mer om det å være sjalu. Svarene hadde han allerede i hodet. Han vet at det er en <u>følelse</u> og at den følelsen refererer til negative tanker som vi dødelige får. Og følelsen av usikkerhet, frykt og engstelse for et forventet tap av noe man verdsetter, som et forhold, vennskap eller kjærlighet, den har vel alle kjent på et eller annet tidspunkt. Den som kom til han og sa at de aldri hadde vært sjalu, måtte være helt uten følelser på noen som helst måte. Kombinasjon av følelser som sinne, sørgmodighet, og avsky det er sjalu i sin helhet. Den kvalmende vonde følelsen, man føler at magen knytter seg, pulsen slår fortere. Kjenner det prikker i kroppen, helt ut i fingerspissene. John forsvant bort i fortiden, kjente på følelsene han hadde som ung. På skuffelser, frykt, oppgitthet, ensomhet og sjalusi. Han la frykt og sjalusi i samme båt. Adrenalinet slo inn likt på begge scenarioene for ham. Han tenkte på frykten for mørket som liten, kjente hvordan blodårene utvidet seg, kjente prikkingen i kroppen, pulsen økte, pupillene utvidet seg. Frykten kunne legge seg som en kappe rundt ham. Han tenkte på en episode som hadde gjort ham sjalu, hvordan et menneske helt hadde ignorert hans følelser og meninger. Han kjente de samme symptomene i kroppen. Han kunne kjenne kroppen vrenge seg i frustrasjon, og han kunne kjenne sinnet komme opp fra halsen. Telefonen avbrøt seansen han hadde med seg selv, han kjente pulsen roe seg, kjente at pusten ble dypere, og han sank ned i stolen. – Ja, sa John lettet over å slippe følelsene og hørte en nølende Torstein i andre enden: - Du... jeg vet ikke helt... eh... ja

- Spytt ut da man, hva er det?
- Jo det har seg slik at han er borte, Lars Børli er borte John.
- Du kødder med meg Torstein, du kødder!
- Nei John, han er borte.
- Men åssen i helvete har han klart det. Hva faen driver spaningsgruppa med der oppe?!
- Nei jeg an..
- Jeg driter i hva du vet eller ikke vet Torstein, vi kan ha en morder på rømmen for helvete!

- Men jeg har da ikke skyld i dette John, ro deg for pokker ned mann.
- ROE MEG N... eh... huff... sorry Torstein, jeg føler meg bare sliten, og jeg føler vi bare stanger i veggen, og Lars var en het kandidat til å være ansvarlig for det som har skjedd. Han har bøtter med motiv, men klart noen minutter hadde det jo vært muligheter.
- Noen minutter hadde det hva John?
- Bare noe spaningsgruppa sa da vi hadde briefing med dem.
- Jeg skjønner, og du John?
- Ja...
- Ingen skade skjedd, alle kan bli frustrerte. Til og med paven på sine dårlige dager.

De isende øynene ser opp på de klare stjernene på den svarte himmelen. Øynene hviler på roen der oppe. Ørene prøver å finne noen lyder men det er helt stille, bare et lite visk fra trærne som krenger under den dype snøen er alt som kan høres. Han lytter til hjertet og merker den jevne takten som sender det varme blodet rundt i kroppen. Han kjenner en sinnsro han ikke har kjent på lenge. Skogen og torpet er alt han har å leve for. Men marken

Tusenårsvinteren
skal ikke få overta... det er kun han og vinteren som skal leve sammen.

21

John parkerte utenfor et hus som var satt opp på midten av sytti tallet. Et ferdighus som var vanlige fra den tiden. Isolasjonen i veggene var minimal, og vinduene tok hele veggplassen. Ytterdøren gikk feil vei, inn istedenfor ut. Døren var slitt og hadde sett sine beste dager, en hund løp åtte tallsrunder på nabotomta. Som en nevrose over lang tid, så lang at potene for lengst hadde gravd seg langt forbi den skjøre gresshinnen. Tungen hang ut som et rømt legeme som ikke orket mer. En katt lå og fulgte John med øynene da han steget inn i en altfor liten gang som var enda mindre på grunn av mørkebrunt fattigmannspanel, og et slitt møkkete gulvbelegg. Han ble overrasket over den dårlige standarden med tanke på hvor pen Lars var i sin fremtoning. Oppvasken lå langt utover eikebenkeplaten, og noe ubestemmelig hadde rent nedover kjøkkenskapet under vasken. Inne i stuen ble de forfulgt av den billige fattigmannspanelen og tre enorme vinduer lyste opp de innrøykte stoff striene på de andre veggene. På veggen var det et bilde av to jenter og et kraftig kvinnemenneske. Mest sannsynlig søsteren til Lars. Hun hadde mange kilo for mye som mest sannsynlig knærne ikke orket å bære på, men de kunne jo ikke nekte henne. På bildet smilte hun så godt hun kunne, men til lite hjelp, sjarmen var borte for lenge siden. Videre inn i huset lå det klær og annet rot, det var ikke system på en eneste ting der. På en liten benk i gangen lå det ett brev fra barnevernet. Det stod at far til barnet med hans familie hadde full omsorg for barnene. Det må nok ha vært et stort sjokk for henne, og miste foreldre omsorgen fordi andre mennesker som ikke kjenner dem har tatt et valg. Var det derfor alt så ut som det var for forfall? Uansett hvor de så var det kaos, man kunne føle insekter krøp oppover bena når man gikk rundt i rommene. Man kunne kjenne eimen av gammel søppel, råttent kjøtt. Det var kvalmende.

John gikk ned en trapp bak en dør fra kjøkkenet, den var vinrød og slitt. Det luktet kjeller lang vei, den nakne muren lyste goldt mot dem fra det stramme lyset i taket. Det første rommet var helt tomt, det virket som en liten glemt hall. Noen fæle brune tepper var kastet på det kalde betong gulvet for å gi det en mer behagelig følelse. En rusten ovn hang på den ene veggen. Det var to dører på den andre siden, en til høyre og en rett frem. Han skjøv døren til høyre opp, innenfor lyste det oransje teppet mot ham, og det knitret i plast under føttene. Det var hyttepanel på veggene, og en tidligere hvit, nå grå, peis reiste seg i mot dem. Tre små vinduer var deres lysende øyne. Rommet besto av en liten tv, en seng, et

lite bord og en stol. Det lå en haug med klær, og flere bøker lå
strødd utover. Dette var nok plassen til Lars, under jorda,
bokstavelig talt. John tittet på bøkene som lå på gulvet.
Finnskogen, Skogsfinnene, Finnskogens Mysterier, Mytene om
skogen, Jakt i mørke, Svedjebruk og noen kart over Sør-Hedmark
og svenskegrensen. Hodet hans jobbet, fordøyde det han så, lot
tankene få spinne fritt. Dette måtte være personen de var på jakt
etter. – Vi må få tak i søsteren hans momentant, brast det ut av
ham. Alle som var der snudde seg rundt og så spørrende på
hverandre. – Torstein sett folk i sving, kontakt naboer, familie alle
som har kjennskap til henne.

- Eh Nor? Tror det er noe du vil se i rommet ved siden av,
  en betjent så lettere blek ut.

John fulgte betjenten ut i gangen, og kjente en lukt han ikke
hadde fanget opp før. De kom inn i en smal gang av betong, og en
dør til venstre stod åpen. Et svakt gult lys lyste opp det lille trange
rommet. Det var satt opp hobbyhyller av tre som var fylt av
mengder av bæreposer. Ved siden av hyllen stod betjenten og
tittet ned mot en gammel fryseboks. Han tittet opp på John med
skremte øyne, John strakk ut hånden prøvende og tok tak i
håndtaket. Han knøt hånden rundt og dro til. Lukten som steg ut
var grufull. Lukt av råttent kjøtt slo inn i nesen og satt alle
kroppsdeler i beredskap. Han tok for nesen for å holde noe av

lukten ute. I det dunkle lyset kunne han skimte noe han hadde sett før, ett ansikt av et menneske som han hadde beskuet oppe. Det var stort og rundt, med mørkt fett hår som klamret seg rundt som ett beskyttende nett. Øynene hans ville lukke seg, ønsket ikke å se dette, men hodet hans jobbet i mot deres ønsker. Blant gammelt råttent kjøtt lå Lars sin søsters legeme. Øynene var vidåpne og virket skrekkslagne, munnvikende pekte nedover, som om frykten hadde gjort seg gjeldende akkurat i det hun hadde blitt drept. Han tittet nedover det som var kroppen hennes, den hvite trøya var blitt farget rødbrunt av blod. Blodet hadde gjort samme jobben som Nitor innfargingsmiddel. Trøyen var flenget opp flere plasser, med tydelige innhakk i huden. Armene og bena lå pent plantet på hver side av kroppen, som om man hadde pakket opp en boks med lego og samlet bitene som var like. Fryseboksens hvite indre hadde samme farge som trøyen hun hadde på seg, og det råtne kjøttet virket ferskere av syn på grunn av alt blodet som hadde gitt det nytt liv. Han kjente magen protestere, han hatet at kroppen ikke bare kunne innfinne seg med at slike ting kunne man dessverre se av og til. Hatet at lukkemuskelen ikke klarte å unngå å presse seg sammen, likte ikke sitringen i kroppen. Han snudde seg bort så på konstabelen, kjente at han var blank i øynene, trakk pusten dypt noen ganger, og snudde seg tilbake mot den improvisoriske kisten foran ham. Han klarte ikke å slippe synet av de skrekkslagene øynene hennes, det var som om man kunne se en film i dem. Se hendelsesforløpet, se hennes siste minner, se kroppsdelene bli delt fra kroppen, tankene om alt det man hadde gått glipp av i livet. Savnet og lengselen etter barna som hun aldri ville kunne se mer. Følelsen av å forlate denne jorden med uoppgjorte saker. Det å vite at noen akkurat nå tar ditt siste åndedrett fra deg. Han prøvde å sette seg inn i hva mennesker går igjennom, hva man jobber med, hva man tenker når man innser at man vet at man har tatt siste reise. Han flyttet øynene nedover mot brystet og magen, tittet på sårene og mønsteret de lagde. Det lignet da på ett pentagram? Var det ikke det? Var det satanist verk eller? Hodet hans jobbet, han hadde lest noe om dette en plass. Det var noe lokalbetont, det var ikke bare beregnet på ren satanisme. Hvor hadde han sett det omvendte symbolet før? Like brått som vinteren kommer på oss kom svaret til ham: - Finnskogen, skogsfinnenes sitt beskyttende merke, han skrøt av sine små grå til seg selv. Alt han hadde vært borti de siste dagene hadde hatt en link til Finnskogen på en eller annen måte, og her ligger søsteren til Lars med amputerete armer og ben, med ett pentagram på brystet. Mens Lars hadde rommet sitt fylt med bøker og artikler om den myteomspunnende skogen. Hadde rett og slett skogens mørke skygger tatt ham, som så mange andre før ham? Han tenkte på ærlige og fornuftige bønder i grenselandet, som plutselig hadde vist seg fra den mørke siden, og forgrepet seg på og drept skogsfinnene uten grunn? Eller for dem var grunnen at de trodde at skogsfinnene drev med noe ulovlig, var skumle, tyver. Dette kunne umulig forsvare de grusomme overgrepene mot dem. Det sies at det var skogen som hadde snakket til dem, at skogen ba om hjelp. John ble revet bort fra tankene av en stemme som ropte fra rommet innerst i kjelleren. Han gikk innover til et gammelt vaskerom. De veggene som tidligere var malt gule, hadde nå fått sporadiske røde striper og flekker, fra taket kunne man se blodrester som hadde rent videre ned på det grå betong gulvet. På midten stod det en benk, med taurester liggende på siden. Han kunne bare fantasere om for noe dritt som hadde skjedd her. I taket var det også et speil som var plassert, i den mening at den som lå på denne benken mest sannsynlig kunne ligge og se seg selv dø. Men det viktigste var at den som torturerte sitt offer kunne føle deres frykt, og selv kjenne følelsen av seier, på samme måte som en jeger. John gikk fort ut igjennom gangen, opp trappen og ut igjennom døren, den friske kalde luften pisket ham i ansiktet, og fikk ham til å våkne opp fra den dvalen han var i. Håpte at alt var en fæl drøm, men hunden fikk ham til å innse at han var på samme plass som i sted. Sigaretten hadde funnet plass i munnen og han tente på. Han tok et dypt trekk og blåste den grå røyken oppover mot himmelvelvingen. Han så noen menn tok opp garasjeporten på andre siden av plassen, den knirket klagende og viste frem et berg av søppel innenfor. Lukten av gammel søppel fikk hunden til å bråstoppe og katten til å stikke av. Porten ble slengt igjen med ett brak. John satt på kontoret til Nilsen og tittet tomt i veggen, tankene om dagens hendelser spant igjennom han som en guttunge som lekte seg med en moped som gikk rundt og rundt. Han tittet på redbull boksen han holdt i hånda. Studerte innholdsfortegnelsen som om det var av stor viktighet for ham. Han så på bildet av de to rasende røde oksene som stanget i mot hverandre, og så for seg det ville kaoset rundt tyrefekting i Spania. Pamplona.

Nilsen spradet inn i rommet, med en tykk mappe under armen. Han så bedrøvet ut av vinduet og bort på John: - Går det bra John? Ja med tanke på… han prøvde å veie ordene han skulle si, men det stoppet seg. John nikket, og tok en god svelg av innholdet i boksen han holdt i hånden. Nilsen åpnet mappen han hadde med, og myste ned på arket som lyste i mot ham: - Vi går ut med en etterlysning på Lars Børli, med tanke på forsvinningene og drapet på sin egen søster. Vi føler vi har nok tilfeldigheter på ham til å gjøre dette nå, han klødde seg i nakken.

- Tilfeldigheter er ikke bevis Nilsen.
- Nei det er ikke det, men han har skjellig grunn til å gjøre noe med alle disse menneskene. Søsteren hans kom

kanskje for tett på ham, og var klar til å røpe ham. Bare tenk på alle bøkene han hadde på rommet. Bøker om Finnskogen, jakt og ikke minst fingeravtrykkene hans på bordet der søsteren ble slaktet. Jeg føler det er ham John.

- Fingeravtrykkene er greie nok, men om vi går ut fra sjalusi for å ta en vei. Er noen villige til å ta så mange av dage? Og til og med sin egen familie? Og det med å skjende likene så grufullt?

- Det er grufullt, men jeg føler at vi har det vi trenger for å sende ut etterlysning på ham. Med så mange indisier så må vi ikke la muligheten gå fra oss.

- Det er sant.

- Det virker for meg som det er en rød tråd igjennom hele saken, det jeg mener er en felles sak. Alt leder tilbake til Lars. Kåre Abrahamsen har vi ikke noe spor etter enda, bare en forsvinning, Marit er tatt av dage, det kan vi trygt fastslå. Og Leif Leknes kan vi også fastslå at er død. Og det vi er sikre på med de to sistnevnte er at de hadde ett forhold bak Lars sin rygg. Motiv blir da sjalusi. Kanskje Abrahamsen også hadde ett forhold til henne? Og søsteren kom dessverre bare imellom.

- Jeg skjønner hva du mener Nilsen, jeg ser den røde tråden du prøver å legge. Men Abrahamsen er den forsvunnede

lenken her. Han kan like så godt være drapsmannen vi
leter etter som Lars. Men vi må uansett få pratet med Lars,
og det helst i går.
- Jeg lyser ham etterlyst John, og så får vi bare håpe på at
noen har sett noe til ham. Eller har fått med seg hva som
har skjedd hos søsteren.

John reiste seg opp fra stolen og kastet i seg resten av redbullen.
Han klemte den tomme boksen med hånden og kastet den i en
liten bue slik at den traff kanten på søppelbøtten, det tok ett par
sekunder før den bestemte seg for å falle oppi.
Ute var solen i full gang med å varme det frosne landskapet.
Krigen mot det kalde var i gang igjen. Og hver gang så tapte
kulden til slutt, men hvor lenge den orket å kjempe denne gangen
var det ingen som visste. Men det man visste var at
tusenårsvinteren måtte til slutt gi tapt.

Vel hjemme gikk John inn på badet og kastet vann i ansiktet,
tanken på dagens hendelser gjorde kroppen hans opprørt.
Fortvilelsen over at han ikke kun hindre det som skjedde gjorde
ham lei og sint. Det hjalp ikke stort at ikke Jenny var hjemme
heller. Han satt helt alene med sine tanker noen dager til.
Konferansen Jenny var på varte i tre dager, og han kunne ikke
akkurat ta telefonen å ringe henne i utide heller. Han måtte vente

til kvelden, til hun skulle legge seg. Han så seg selv i speilet, så på de blodskutte øynene som hadde fått for lite søvn, kjente kroppen var tung og umotivert. Fikk ikke frem energien fra kroppens indre, bare følte at alt var tungt, følte han var i ferd med å bli syk. En tristhetsfølelse skyldte igjennom ham. Følte seg plutselig alene om sine problemer, kjente på det å ha lite omgang med andre etter arbeidsdagen, særlig nå når han var alene. – Kunne jo tatt kontakt med Per, han etterlyste jo det, at vi satte oss ned og pratet. Han hentet telefonen i stuen, og slo nummeret hans. – *Den du ringer kan ikke nåes for øyeblikket, vennligst prøv igjen senere.* Han kastet telefonen bort i sofaen, og gikk på kjøkkenet. Maten klaget til ham, og han måtte vise den velvilje.

22

De nakne trærne ruvet over bakken, tett i tett, med hvite sko etter snødrevet som hadde pågått i vinter. Det lille tømmerhuset lente seg skrått mot dem, som om det søkte ly for den kalde vinteren. Solen tok tak i toppene på trærne, som gjorde at de glinset som diamanter i lyset. Frostkrystallene etter natten var for lengst tint bort, og hadde dannet små spor av fuktighet i treverket. Stillheten ble bare brutt av revens klageskrik. Mannen i hytta satt og myste ut over tunet, speidet etter noe som ikke skulle være der. Han tenkte på de siste dagers hendelser, og frydet seg over hva han hadde utredet. Han kunne se for seg de skrekkslagne blikkene til de uærlige menneskene. Han følte at han hadde ryddet opp i noe som det måtte ryddes opp i, renset verden. En plass må en jo begynne. Hans kalde og klare øyne lyste opp den ellers så møkkete huden i ansiktet. Han tenkte på Marit og gleden han hadde hatt med henne. Akkurat som Carl Axel Gottlund, den omreisende finnen som skrev dagbok om finnenes inntog i skogen, hadde hatt gleden av. Han åpnet boken om Gottlund og så med glede på de erotiske delene og smilte lurt til seg selv og leste:

"Jag närmade mig henne och hon gjorde intet motstånd. Jag klämde och smekte hennes händer och bröst, dock utanpå kläderna, ochså hennes kind smekte jag. ….och smekte henne på samma sättet med den andra handen. På detta sättet satt jag mellan två flickor och höll med en hand på bådas pattor. "

" När flikkan kom tilbaka med båten, så narrade jag henne i land derigjennom att jag sad mig tappat en silfver fänghåls nål, då hon kom att söka den på det stället jag dertil utset, kastade jag henne i kull og började …. henne. Hon var just ej så mykket deremot, men ville ej bräda ut låren, på något sätt lyckades jag endå. Hon var ung och vakker från Salungen. Hennes namn var Märta. Hon förklarade at det var blott för att hindra barn som hon lärt seg att ej tillåta hela famnen. Då jag tok henne var jag i hela min rustning utan sabeln, hornet och bössan."

" Hon hjelpte sielf till och var mycket skön, okså fikk hon förr klåkkan tre, fyra fulla bas, tre med sats, alla goda. Jag gikk bort bittida och tappade bort min kamm."

Han klappet igjen boken, og lot tungen gli lystig over tennene, prøvde å kjenne smaken av henne. Han strammet musklene i pannen, og kjente øynene myse inne i mørket i hytta.

Han reiste seg fra stolen og gikk mot døren, han stoppet et
øyeblikk for å lytte, men det var ikke noe å høre. Han tok frem en
slire, og tok frem kniven som skjulte seg i den og åpnet døren.
Han gikk ut og lot lungene bli fylt med den friske luften. På den
andre siden av torpet stod det en liten bu. Han gikk mot den, og
kjente fingrene stramme seg rundt skaftet på kniven. Han tok tak i
døren og rev den opp, han kjente lukten av jern slå i mot ham.
Duften gjorde ham giret og opphisset. Han så for seg blodet som
fløt når han parterte, det var en glede for ham. Han så på personen
foran seg, så hvordan han lå henslengt på gulvet, med hendene
bundet over hodet. Han hadde vært flink og tatt av ham alle
klærne, han ville se blodet renne pent utover den bleke huden, han
ville ha renhet. Øynene til mannen foran ham var lukket, som et
barn som lå og sov. Hendene hang i kryss over hodet på ham, helt
bleke etter at alt blodet hadde flyttet seg nedover i kroppen.
Knivbladet møtte huden midt i hånden, rett over tommelen.
Bladet snittet pent i huden, og det røde begynte å piple ut fra såret
den hadde laget. Mannen som lå foran ham beveget seg ikke, han
virket helt livløs. Kniven ble presset dypere inn i hånden, og han
kunne kjenne senene og ben gi etter under kniven. Plutselig skvatt
mannen til liv. Det stumme skriket lå synlig utenpå ham, øynene
virket gale, og tårene sprutet. Frykten var til å kjenne og føle på.
Han likte kontrollen han hadde, og lot kniven skjære tvers

igjennom og frigjøre den øvre delen av hånden. Det stumme skriket døde helt bort, og mannens øyne var igjen lukket. Kniven ble tørket av på den nakne huden, og hånden ble tatt opp og lagt oppi en plastpose fra Kiwi.

Vinteren slipper ikke taket, tusenårsvinteren.

John satt på kontoret og gikk igjennom papirene Torstein hadde kommet med. Det var flere bilder fra åstedet og koblingsteorier til de forskjellige sakene. Bildene var groteske og tok ham tilbake til alle åstedene. Han kjente kvalmen i magen vokse. Han lukket øynene og gikk igjennom alt det han hadde erfart de siste dagene, og tenkte på åssen noe slikt kunne skje her oppe? Her har det største problemet vært smugling fra Sverige til Norge. Eller biltyverier i bøtter og spann. John ristet på hodet åpnet vinduet, og tente på røyken. Han tok tre dype drag og sneipet den. Kjente at kroppen normaliserte seg. Telefonen ringte, det var kontordamen: - Det har kommet en pakke til deg, kan du komme og hente den? sa hun med lystig og lett stemme. – Kommer, sa John med sin lave røst. Føttene hans strenet ut av døren og ned trappene til resepsjonen. Det var ingen mennesker der, og han så at vinduene ut mot gaten virkelig kunne ha trengt seg en grundig vask. Han tok pakken fra hyllen sin og gikk opp trappen og inn på kontoret igjen. Han tittet på det brune papiret rundt den sylinder formede pakken. Med svart tusj stod det adressert til ham, og frimerkene var gjentatte ganger stemplet. 105

Han prøvde å se etter noen avsender, men det stod ikke noe noen plass. Av stempelet kunne han lese Svullrya. Han satte seg tilbake i stolen, og ble brått usikker på pakken. Han kjente da ingen der som ville sende ham en pakke? John åpnet den øverste skuffen på venstre side for seg og hentet ut saksen som lå der, han klippet av den brune tapen på enden. Da han åpnet opp den ene enden kjente han en lukt som han ikke kun definere. Men han likte den ikke noe særlig. Inne i pakken lå det en bærepose med noe grønt på. Han dro forsiktig i den ene enden, og Kiwi posen viste seg i lyset. Det hvite på posen var noen plasser helt rosa, på grensen til rødt.
– FAEN, TORSTEIN!!!!!!!!!!!!!! panikken tok John med storm, han kastet posen i fra seg, kjente svetten piple frem i pannen. Torstein viste seg i døren: - Hva er det Jo.., han stoppet seg selv i å spørre videre. Han så posen på gulvet, med blodet som lå som små roser bortover fra den brune pakken. Han kjente hjertet stoppe noen få sekunder, før adrenalinet tok overtaket og lot det pumpe som en hissig foss etter ett vårslipp. – Gi meg noen hansker sa John, stressende. Torstein gikk ut i gangen og hentet noen engangshansker på vasketralla og ga dem til John. John tok dem på seg, og rullet opp posen på gulvet, han så at innholdet gjorde posen rødere og rødere. Han tok saksa og klippet opp langs

kanten. Med en hånd på hver side delte han posen, og en hånd kom til syne foran dem. John satte seg ned på gulvet og ristet på hodet. Torstein bare stod og måpte på hånden med fire fingre: - Hvor er tommelen? falt det ut av ham, noen har jo bare kappet av hånden midt i håndflaten, gjennom sener og ben og det som er. John så opp på ham: - Ta med posen og hånden, se etter fingeravtrykk, spor ett eller annet! Og ikke minst hvem sin hånd det er! Torstein tok posen og innholdet og la det oppi en tom eske som stod inntil veggen, og strenet ut av døren. John tok telefonen og ringte Ola for å be ham om ta en tur til Svullrya for å finne ut hvem som har sendt ham denne pakken. Ola reagerte kraftig på det som var blitt sendt, og var ikke sen om å be.

John var midt i kaffekoppen da Ola ringte. – Hei John. Var nede på posten der og spurte om pakken, det viser seg at det var en gutt som var der med den.

- En gutt?! Mener du en gutt har sendt meg en hånd?
- På en måte, men la meg fortsette. Gutten er godt kjent av hun som tok imot pakken på posten, så jeg fikk navn og adresse og reiste dit. Det viser seg at denne gutten fikk en hundre lapp av en mann for å poste denne pakken.
- Men da så han vel hvem han var?
- Både og…

- Både og?
- Ja han så at ham men samtidig så kunne han ikke se ham. Det vil si at mannen som kom bort til ham var pakket inn i klær, det eneste gutten så var øynene hans, og de var kalde sa han.
- Kalde?
- Ja knallblå øyne, som nesten fikk blodet i årene hans til å fryse.
- Men hva med klær?
- Ikke noe gutten bet seg merke i. Vanlig sa han, man kan vel ikke forlange så mange detaljer fra en niåring.
- Nei det er sant, noe mer?
- Gutten sa skogsmann...
- Skogsmann?
- Jepp, en mann som holder til i skogen.
- Få tak i Bjørnar, vi må ut i skogen igjen, fra den plassen hvor gutten møtte ham! Jeg kommer nedover nå!

John parkerte ved Finnskogen kro og motell, ett vakkert bygg i tømmer som var satt opp 2007. Her er det lafting og nydelig arkitektur som passer perfekt inn i miljøet her oppe. Ola stod og ventet på ham. – Hvor er Bjørnar? ville John vite. Ola myste mot ham: - Han kunne ikke komme enda, men han ga oss retningen vi skulle gå, og så skulle han gjøre sitt beste for å finne oss igjen. Jeg har jo vokst opp i disse traktene, så noe skulle jeg kunne bistå med, sa Ola med et smil om munnen.

De startet i skogholtet hvor gutten hadde møtt skogens mann, og strenet innover forbi den første ranken med trær. Sola skinte i toppene, og vinden føltes litt mildere selv om minus gradene fortsatt prydet alle sine termometere. Det knirket under skoene da de vandret innover. John var overrasket over stillheten her inne, og kunne ikke fatte hvor uendelig denne skogen føltes for ham. Han kunne ikke se annet enn trær og atter trær, De lysebrune stammene sperret utsikten for ham i alle retninger, og han følte at trærne bare kom nærmere og nærmere. Han tok av seg sekken og tok en slurk med vann. Ola smilte i mot ham: - Ikke vant til skogen John? John ristet på hodet: - Som den sørlending jeg er så er kysten et klart bedre valg for meg, enn denne skogen. Trenger mer luft føler jeg. Ola lo bak barten, og nikket forståelsesfullt i mot ham. – Vi fortsetter å følge de sporene vi ser John, virker som de fører innover mot ett torp lengre inn i skogen, helt på grensen til Sverige. John kastet på seg sekken og hang etter Ola. Tenkte på sommer og sol, svaberg, sol som brente blek hud, brennmaneter som overtok havet, og putring fra båter som travet igjennom Blindleia. Han blir kastet tilbake til virkeligheten av noen knasende lyder bak ham. Han tittet bakover men så ikke annet en de nakne trestammene bak seg. Ola lot ikke til å høre noen lyder der han gikk ti meter foran. Det knirket igjen, som om noen trådde snø bare noen meter bak ham. Men fortsatt kunne han ikke se noe. – Hjernen din kødder med deg John, hjernen din kødder, sa han til seg selv. Han tittet opp mot trekronene, så sola som skinte mot dem og fjernet alle spor av snø, og så de grønne barnålene som med glede og lengsel strakte seg mot den gule kulen på himmelen. Han tittet ned på den hvite og kalde snøen, kjente hvordan tærne begynte å bli kalde inn mot benet. Tenkte på de kraftige kontrastene som sommer og vinter har. Tenkte på plagene som det kalde bar med seg av frost og smerte, og plagene som våren bar med seg av allergi og små innsekter. Et eller annet er det galt med alle årstider for noen. *Svusj*... Han kastet seg ned i snøen i ren refleks. Og tittet bortover der lyden kom fra, og så en liten flokk med kråker. Han måtte le der han lå, panikk for noen kråker. John reiste seg opp og børstet snøen av klærne sine og så bortover etter Ola. Han var langt foran nå, så John tok bena fatt og prøvde å ta ham igjen. Men jo fortere han prøvde å gå jo mer sank han ned i snøen, og det ble tyngre og tyngre. Samtidig kunne han ikke gi slipp på følelsen av at noen fulgte dem, at noen fulgte hvert skritt de tok. Var han bare panisk? Han følte han så noe i hvitøyet, men da han skulle se nærmere etter var det borte igjen. Ola huket ned foran John så han fikk tatt ham igjen. Ola tittet på noen spor foran seg. - Det ser ut som noe har blitt dratt her, klarer ikke å se hva det kan være. Kan jo bare være en hare som er tatt av en rev men… han stoppet seg selv, og tittet oppover. Det var rart, jeg kunne sverge på at det var noe der foran. John tittet bortover men så ikke noe, begge var stille, men de hørte ikke noe. De gikk videre innover den uendelige store skogen, som var lik uansett hvor de så. – Jeg snakket med Bjørnar igjen, og han er på vei, han har sett sporene våre, sa Ola. De hadde gått noen hundre meter til da de så en liten lysning foran seg, de kunne se taket at et lite hus som hadde sett sine bedre dager, men denne plassen var målet for turen. John ble lettet, men lettelsen gikk over til brå frykt da lyder igjen dukket opp, og denne gangen foran dem. Ola tok frem haglen og ladet den: - Det kan være bjørn, sa han og tittet fremover i skogen. – Der var det noe, brast det ut av John, det er noe foran oss. Ola tittet men kunne ikke se noe, plutselig høres en lyd ved trærne på siden av dem. De snur seg brått rundt, og nå er lyden bak dem. – Hva pokker er det som skjer Ola? Ola ser seg rundt, myser igjennom skogen. Plutselig åpner han øynene helt og følger en skikkelse lengre fremme. – Heng etter John, nå har vi los på noe. John føler seg grepet av panikk, han ser skikkelsen igjen, den bærer fort fremover i skogen, hvordan er det mulig? Ola prøver å løpe bortover: – STOPP! Dette er politiet, vis hvem du er!!! John henger ett stykke etter prøver å ta ham igjen,

men klarer det ikke. Det knirker i snøen rundt ham, overalt føles det som, han blir stresset. Han har mistet Ola, han klarer ikke se ham. Han ser en skikkelse foran seg igjen som nesten flyter over snøen. Han gnir seg i øynene, prøver å se bedre. Kjenner frykten som tar tak i kroppen hans, og får kroppen til å slå seg av.
–STOPP! Ola sin stemme braser i mellom trærne. – NEEEEIIIIII! skriket lammer John fullstendig. Hva pokker skjer? BANG, ett hagleskudd, rister resten av snøen fra trærne rundt ham. John blir grepet av panikk, han løper igjennom snøen, føler at tærne knuser i skoene hans – Ola, hvor er du?! Han kjenner fortvilelsen spre seg helt opp i hårrøttene sine. Han stopper og ser nedover i snøen etter spor. Han saumfarer terrenget og finner noen spor som han følger noen meter innover. Han bråstopper og ser ett hull foran seg. Han titter over kanten og ser Ola ligge i bunnen av den. Han ser en blodstripe som har rent nedover barten hans, og han ser at det ene benet har en unaturlig stilling der han ligger. Haglen er borte. John roper om hjelp, det går noen minutter før en skikkelse kommer frem fra trærne. – Hva er det som skjer? Bjørnar kommer i mot ham, men herregud Ola!! Hva pokker har skjedd John? Hvem har satt opp fangstgrop for bjørn her??? Ola går det bra?

23

Master! Apprentice! Heartborne, 7th Seeker. Warrior! Disciple!
In me the Wishmaster.

Det dundrer i stereoanlegget. Nightwish sin operainspirerte hardrock musikk fyller rommet. John sitter i sofaen og nipper til et glass rødvin, mens musikken overøser ham. Han liker denne musikken, han føler han får ut frustrasjon og tanker med å sprenge trommehinnene hinsides all fornuft. Han lukker øynene og legger hodet bakover i sofaen, lar tankene flyte utover armene og langt ut i fingerspissene, kjenner det kribler helt ut i neglene. Han unngår å tenke på det han har opplevd de siste dagene. Han orker ikke å tenke mer på det, han drømmer seg bort til sin Jenny. Hennes sorgfrie vesen som så lett smitter over på han. Freden hun bærer med seg uansett hvor hun går. Smilet og latteren. Han har bare lyst til å glemme hele saken, føler det blir til bare mer bekymring enn noe annet. Følelsen av å famle rundt i blinde er helt tragisk. Det føles som å drive en butikk der man ikke tjener penger. Greit man selger varer, men selger de for mindre enn dem var kjøpt for. Akkurat slik føler han det nå. Føler at ett steg frem kun blir to tilbake. Han lener seg fremover fyller opp glasset på ny, og titter på flasken. På en hvit enkel etikett står det Tommasi

Viticoltori, Valpolicella. En lett drikkenes italiener. Han ser på det grønne glasset som gir gjenskinnet fra lampen i vinduet, ser på den fredelige fargen, og tenker på sommerengenes bekymringsløse tid. Han føler at blikket begynner å sløre, føler seg sliten. Rødvinen har gitt ham en form for indre ro, det har sløvet ned sansene hans, og han legger seg tilbake i den myke sofaen, lar hodet hvile på armleendet bak ham. Han ser opp i taket og begynner å telle takplater, idet øynene faller tungt igjen...
John bråvåkner av ett kraftig smell, han ser seg forfjamset rundt. Ser på den tomme rødvinsflasken på bordet, ser at anlegget står i standby modus. Med en gang lurer han på hvor han er, og stresser kroppen sin. Han hører lufteluken på kjøkkenet uler og smeller. Vinden brekker rundt husveggene som en hissig drage. John setter seg opp i sofaen og ser ut av vinduet, det er mørkt. Et nytt smell bryter den intense ulingen fra vinden. John kaster seg opp av sofaen og ser rundt seg. Ingenting. Han går bort til utgangsdøren og åpner den forsiktig, titter prøvende ned mot garasjen, og hører presseningen slå i mot lettveggen i garasjen. Han ser at vinden har laget små fonner av snøen ute, pakket lett opp mot veggene som en lun hånd. Døren blir smelt igjen av et kraftig vindkast. Plutselig blir det helt svart og det er ikke en eneste lyd er å høre inne. Han leter frem mobilen sin, uten dekning den også. Lyder høres oppe i andre etasje, og han kjenner en kald trekk smyge seg

nedover trappen. Han merker nervøsiteten komme snikende. Han lukker øynene og tenker tilbake til barndommen. Tenker på de uttalige spøkelseshistoriene han ble fortalt, og som han trodde på. Tenker på mareritterne han fikk av alle disse historiene. Han kjenner på frykten han følte når han var ute i mørket alene, på vei hjem til sin mor fra en kamerat. Følelsen av at noen fulgte ham, uvennlige lyder fra mørke skogkanter. Husker den stressende og ubekvemme følelsen han hadde som liten gutt. John åpnet øynene og ristet av seg tankene, han var voksen nå, trodde ikke på slike historier. Det var alltid en fornuftig forklaring til slike ting. Innstillingen hans var at alt det man kunne ta og føle på var ekte, alt annet var oppspinn. – Ta deg sammen mann, ta deg sammen! Han oppildner seg selv jobber med å finne frem motet som ligger gjemt langt inne i kroppen, kjenner prikkingen i fingrene, den irriterende stressende stikkingen i pannen. Han tar det ene benet prøvende i trinnet i trappen, vil at resten av kroppen skal følge med, men den nøler. John banner inni seg, plasserer det andre benet i neste trinn, hører trappen klage imot ham. Den kalde trekken smyger seg rundt ørene hans. Hjertet i brystet stresser, blodet pumpes med enorm kraft rundt i kroppen. John lar ryggen legge seg mot veggen og smyger seg rolig opp trappen, trinn for trinn. Det er mørkt, kun et dunkelt lys fra månen skinner dust igjennom vinduene i andre etasje, ikke mye til hjelp. John legger seg halvt ned i trappen, bruker hendene for å åle seg opp de siste trinnene, titter prøvende rundt hjørnet, men klarer ikke helt å fokusere på noe i det hele tatt. Flimmerhårene i ørene jobber bevegende for å fange opp en eller annen lyd samtidig som de hjelper han med balansen i mørket. Han kan se noe bevege seg i den andre enden av rommet, han lister seg stille mot plassen og kjenner kulden kjøle ned den irriterende kløen i pannen. Gardinene blafrer lekende ut i rommet. John stopper og skjønner ikke hvorfor vinduet er åpent. Har det blåst så kraftig? Har ikke slåen vært ordentlig på? Har Jenny hatt det oppe til lufting? Han hever det ene benet fra gulvet brått: - Hva var det? Han bøyer seg ned, og lar fingrene lete fremfor seg. Plutselig kjenner han noe kaldt og vått som berører fingertuppene, og han hopper til. Smeltet snø... Det er ikke mulig at det har kommet så langt inn i rommet tross uværet, myggnettingen som har hengt oppe helt fra i fjor skulle stoppet det. Han går mot vinduet, og ser myggnettingen henge løst i vinduskanten. Han tar igjen vinduet, og beveger seg mot trappen igjen. Han husker at han la en lommelykt på hattehyllen i gangen. Han er bare meteren fra trappen da han kjenner en brå smerte bak i nakken, han rekker ikke å reagere før alt går i svart.

Sola bryter igjennom rommet, lar varmen flomme ut i all sin prakt. Presser seg igjennom snøkrystallene utenfor, og lar dem smelte bort. Strålene leker seg over sofaen og glinser over parketten på gulvet og treffer en skikkelse som ligger ved den andre enden av rommet. Kroppen svarer strålene med små dråper av svette som pipler frem i pannen og i nakken. Hodet ligger tungt mot gulvet mens benene ligger slengt som to støvler i trappen, armene ligger henslengt ved siden av ham. En liten dam med blod har samlet seg ved det ene øret, og jobber seg godt ned i parketten, som om det vil gjemme seg fra de varme strålene utenfra. Like brått som solen som kom for å få vinteren bort, begynner fingrene å bevege seg prøvene langs siden, et grynt bryter stillheten i rommet, og øynene blir åpnet prøvende. John ruller seg rundt på siden, og prøver å fokusere ut i rommet. Alt er slørete og det er smertefullt, han tar seg til hodet og kjenner den varme salte svetten som har blandet seg med det klare røde som renner ned langs øret. Han titter opp trappen, og prøver å huske det som skjedde i går, han ser en tom rødvinsflaske som ligger henslengt på gulvet ved siden av ham. Hadde han drukket så mye i går? Så mye at han hadde klart kunststykket å gå på trynet ned trappen? Øynene løp opp og ned, frem og tilbake og ba innstendig hjernen om assistanse. Nakken klagde med enorm smerte som forplantet seg videre opp i det tunge hodet hans. Hånden hans tok forsiktig i nakken og kjente en kul som føltes som om den var på størrelse med en massiv bowling kule, og den var vond. Han reiste seg opp og fikk følelsen av at han hadde blitt påkjørt av ett tog. Han tok hoftefeste, på samme måte som en fotballspiller som hadde spilt hele kampen og nå var langt ut i ekstraomgangene. John gikk pent opp trappen, og følte at hvor høyere han kom jo mer trykkende vondt fikk han i hodet. Oppe i andre etasje så han rundt seg, så mot vinduet i den andre enden av rommet, og bet seg merke i den lille dammen som lå foran ham på gulvbelegget. Han myste med øynene og prøvde å bøye seg ned, men kjente da bare smerten som bygde seg opp til uante høyder. Bena sank sammen under han og han landet på knærne på gulvet, tok den ene fingeren og dyppet den i det våte som lå foran ham, han luktet på det, og tok fingeren på tungen og smakte på det. Han rynket på nesen og spyttet i hånden. Smaken var vond, en blanding av svette, brent og parfyme. Tungen jobbet med etterdønningene av smaken, den gnisset i mot tennene for å skrape bort det som var igjen. John kunne ikke skjønne hva det var, og hva var det som hadde skjedd? Han satt på gulvet og tittet tomt ut igjennom vinduet, og gikk igjennom kvelden før. Puslet sammen bit for bit av det han kunne erindre. Nesen trakk inn en ny dose med duft fra væsken på gulvet. Han erindret parfyme duften, han hadde opplevd den for ikke så lenge siden. Men hvor? Han lukket øynene og gikk noen dager tilbake, og gikk igjennom sine opplevelser enda en gang.

John satt på gulvet i lang tid mens han gikk igjennom minne basen sin. Han hadde smaken og lukten i kroppen og prøvde febrilsk å finne sammenhengen imellom dem. Han hadde kjent lukten før, og det var ikke lenge siden. Han kjente frustrasjonen komme, og ble forbannet på sin elendige hukommelse, kjente at irritasjonen gjorde det enda verre for den allerede skambankede kroppen sin. Han legger seg ned på gulvet og lukker øynene og kjenner på ny varmen fra den våryre solen som danser lekent og varmende på hans kropp.

24

Utenfor det overdimensjonerte huset til Kåre og Beate Abrahamsen står Torstein og titter rundt. Han ser inn igjennom store vinduer for å se antydning til liv, men det er helt mørkt. Han titter inn i låven for å se om det er noen der, men det er like tomt og mørkt der som det er inne i hovedhuset. Han har prøvd å nå Beate på telefon uten å få noe svar. Mobilen hennes er koblet rett over på svareren. Han tar seg til haken, og klør seg oppgitt mens øynene vandret fra vindskyene og ned til grunnmuren under kledningen. Han ser på den massive døren som velter seg frem på husets fremvegg. Torstein tar frem mobilen sin og ringer rusmiddelomsorgen på Kongsvinger for å høre om Beate er der. Svaret han får derfra er at hun er på tur med narkomane ute i Finnskogen. Torstein vil vite om de vet hvor i skogen de er, og eventuelt når de er tilbake. – Det er kjentmannen som er med dem som har ansvar for ruten, dette er ikke noen barnehage så noen form for meldeplikt har dem ikke. Men vanligvis er dem tilbake ved de tider man stenger kontordørene, klokken fire, sa en lettere irritert damestemme. Torstein spurte så hvem denne kjentmannen var, og fikk til svar at det var Bjørnar Myren. Han takket og la telefonen tilbake i lommen og så på klokken sin. – Det er noen timer til de er tilbake, sa han til seg selv og satte seg inn i bilen og vendte nesen tilbake til Hamar igjen.

Nilsen kom inn på konferanse rommet og beskuet John. – Hva har skjedd med deg? John så på ham: - Jeg falt ned trappen hjemme.
- Falt ned trappen?
- Ja, det er en bratt trapp, sa John kort.
- Har du vært hos legen?
- Ja doktor Paracet, og søster Ibux har gjort underverker på meg.

John så smilet på Nilsen lure seg frem i munnviken, for så å falle tilbake til den alvorlige minen hans: - Du kan ha fått hjernerystelse vet du. John tittet ned i bordet foran seg: - Alt kan skje, men skal vurdere en ordentlig lege når tiden sier at det passer seg.

Tostein kom inn i rommet, og satte seg på stolen ved siden av John: - Har du vært i slåsskamp? John så på ham: - Du skulle sett han andre, sa han og smilte, men la oss gå over til saken folkens.

Nilsen nikket: - Hva har vi å gå etter? Er det sammenheng i sakene, eller er det tilfeldigheter, har vi noe mer på Lars?

John tok ordet og gikk igjennom saken fra start: - Alt startet med Kåre Abrahamsen sin forsvinning, påfulgt av drapet på Marit Jensen. Hennes sjef og elsker Leif Leknes var mest

sannsynlig tatt av dage etter funnet av hans penis og mengdene med blod utenfor hans hjem. Disse tre har fellesnevneren samme arbeidssted, og de to sistnevnte hadde da et intimt forhold. Det virker for meg som motivet for dette er sjalusi, og da er Lars Børli den heteste kandidaten vår. Det topper seg med drapet på hans søster, hun kan ha skjønt hva han har gjort og truet med å gå til politiet med sine opplysninger. Det som overrasker meg med hans søster, er måten hun er drept på. Det er nøye kalkulert og makabert, en sinnsyk handling. Og sjalusi kan føre til sinnsyke handlinger hos folk, han har rett og slett tippet totalt. Dette med at disse hendelsene har en forbindelse med Finnskogen har jeg stusset litt på. Enkelt å gjemme seg er et alternativ, trolldom og mystikk kan være et tema han bruker. Det kan vi se ut av lektyren han hadde liggendes på sitt rom. Og det er ikke til å stikke under en stol at Finnskogens mørke sider er det mange av. Det som også viser psykopatiske trekk er måten han har begynt å leke med oss på. Bare det med å sende en hånd hit i posten. Han liker det med å amputere, gjøre det syke mye sykere. Men sjalusi kan føre mange ut på skumle farvann, det har man opplevd før. Sjalusidrap er i følge statistikken det høyeste på listen over motiv. Forresten når det gjelder hånden Torstein, har vi noe mer der?
Torstein tok telefonen og ringte til teknisk, han fikk en bekymringsfull mine i ansiktet i det han la på. – Dere... vi må se

dette fra en annen side... det har seg slik... han stoppet seg selv et øyeblikk, det viser seg at fingeravtrykkene fra hånden er Lars Børli sine, det vil si at hånden er Lars sin. Og det viser seg at det ikke var noen blodlevringer, så det vil si at han var i live da noen skar av ham hånden. Ingen mennesker klarer å gjøre dette på seg selv. Altså å kappe av seg hånden kan man om man er gal nok, men å bruke en kniv å skjære hånden midt i håndflaten klarer man ikke uten å besvime midt i akten, han ristet på hodet. John så på ham, lot tungen dra seg over leppene: - Der gikk det sikre opp i røyk, ingen kan vel overleve et slikt blodtap? Og med tanke på det jeg og Ola opplevde i skogen så kan det ikke ha vært han som har lekt med oss? Vi får anslå at Lars legger seg inn i rekken med dødsfall. Da har vi en kjæreste, en elsker, en som kanskje var forelsket eller hadde ett øye til Marit, og selve premien selv, Marit som er drept. Hvem mislikte livsstilen hennes? Var det noen andre som hadde relasjoner til henne som vi ikke vet om? John stoppet og så i taket: - Per, sa han, Per Andersen han hadde også en sammenheng her, han var forelsket i Marit, kan det være han. Han har jo motiv, pokker at jeg ikke så det. Nilsen og Torstein tittet på ham før Nilsen åpnet munnen: - Han i Kongsvinger politiet? Din gamle venn?

Ja han. Vi hadde en samtale for ett par dager siden, og han betrodde meg sine problemer, og at han hadde møtt henne. Men plutselig var han søkk borte, jeg tenkte ikke mer på det. Tilfeldigheter dukker jo opp hele tiden… Han tok seg til hodet, kjente smerten fra nakken bre seg fremover igjen. Han ble forbannet på seg selv, samtidig som han kjente parfymelukten kile ham i nesen på ny. Men hvem sin var det?

Beate Abrahamsen ser ut av vinduet på kjøkkenet, kjenner på savnet av sin mann. Og innser at de fæle tankene om hva som kan ha skjedd har overtatt all sunn fornuft. Turen i skogen i dag hadde gjort godt. Det å kunne kjenne på stillheten fra skogen, og kjenne de varme gode strålene fra den første vårsolen var som balsam for sjelen hennes. Gruppen hun hadde med seg i dag var like glade som henne for å være der, komme seg bort fra byen og alskens smerter som de opplever. Og Bjørnar, for en mann det var. Han var en sann fornøyelse å være på tur med. Og hans støttende vesen var en ren harmoni for henne. Hun smilte mens hun tenkte på denne lille friheten hun hadde fått, men nå var hun hjemme igjen og tankene hjemsøkte henne på ny. Hun kjente at magen hennes knyttet seg sammen, pusten ble ukontrollert, nervøsiteten satt i alle hennes celler. Det var vondt, alt var vondt, og tyngden på smerten kunne ikke beskrives på noen måte. Hun hadde ikke brukt sengen siden Kåre ble borte, hun hadde hatt alle nettene på sofaen nede. Som om hun ventet ham inn når som helst, ville ta ham i mot. Beate ser hvordan mørket kryper nærmere husveggen, hun ser lyset fra utelampen reflekterer i snøen som om det var små dyrebare krystaller, krystaller som snart ville være borte og ikke vise sitt åsyn igjen før neste vinter. Hennes spede fingre førte den hvite porselenskoppen opp mot hennes lepper og helte inn det svarte innholdet. Plutselig så hun to lys komme inn på gårdsplassen. Bilen stoppet rett foran trappen, og hun så den gule siden med de røde bokstavene lyse mot henne. Det ringte på døren og hun gikk ut i gangen for å åpne opp. En ung mann, fortsatt med pubertetskviser gliste mot henne. På jakken hans stod det DHL. – Jeg har en pakke til deg, kan du signere her? han pekte på et lite felt på ett liggende A4 ark. Hun tok om pennen og skrev sitt navn på den og takket. Gutten nikket høflig tilbake og ga henne en eske som var på størrelse med en skoeske i brunt papir. Beate tok i mot med begge armer, og sparket igjen døren med foten. Esken ble plassert på kjøkkenbordet ved siden av kaffekoppen hennes. Øynene hennes fulgte lysene som forsvant fra gårdsplassen og lyste opp skogholtet på den andre siden av veien. På pakken stod det kun hennes navn og adresse skrevet med svart tusj, brun pakketape prydet hele esken rundt. Hun lurte på hvem som sendte henne pakker nå, hun hadde da ikke bestilt noe fra noen. Og ikke hadde hun fødselsdag heller. Fingrene tok nølende på esken igjen, mens hun brukte en kniv for å få bort tapen rundt esken. Forsiktig skar hun ett lett snitt i den ene kanten og lot kniven dra seg pent langs skjøten på esken. Hun løftet av lokket og plastikk kom til syne. Hun kjente en uønsket lukt trenge seg inn i neseborene. Dette fikk henne til å stoppe, hun lente seg fremover og tittet ned i esken, og brukte øynene til å lete frem innholdet i den. Hun syntes hun så noe hudfarget igjennom de mange lagene med plast. Hånden tok på ny fatt i kniven, og hun lot spissen gli ned i plasten og skar den opp på langs, en avskyelig lukt trengte igjen plasten, det minnet om gammel kjøttdeig. Hun merket kvalmen komme, og snudde seg bort for å få ett friskere drag med luft igjen. Kniven ble brukt til å skille plasten fra hverandre og synet som møtte henne ødela alt hun hadde hatt av glede i dag. Turen i skogen ble glemt, Bjørnars evige optimisme falt i grus. Dette hadde hun aldri trodd hun kom til å oppleve. Synet av deler fra ett menneske var noe hun bare hadde sett på film før, hun hadde aldri i sine villeste fantasier kunne drømt om å oppleve dette i levende live. Hun kastet ett blikk til oppi esken før hun sank ned på gulvet og gråt. Tårene fosset nedover kinnet som en hissig bekk som var på let etter et nytt leide. Det siste hun hadde sett var en ring som var prikk lik hennes. Dette gjorde dagen enda verre for henne. Alt håpet ble revet ut av henne ved synet. Hennes kjære Kåre lå i en liten eske på kjøkkenbordet, i en altfor liten skoeske lå hennes kjæreste på denne jord.

25

Nilsen innkalte til ett hastemøte, så John og Torstein hastet inn med resten av de som var på vakt. De så en tydelig stresset avdelingssjef foran seg. Han stod med knokene lent mot bordet som en brunstig gorilla viste sin styrke. – Saken blir bare verre og verre alle sammen. Vi fikk en telefon fra Beate Abrahamsen for noen timer siden. Vi har hatt betjenter hos henne. Hun fikk en mystisk pakke på døren i dag, innholdet var det verste hun kunne sett. Det var kroppsdeler av sin mann, Kåre Abrahamsen. Vi kontaktet DHL, firmaet som leverte pakken til henne. Det viser seg at pakken ble plukket opp ved arkitektkontoret hvor Kåre jobbet. Den stod på utsiden av døren som det ble avtalt om, og budet kjørte den oppe til henne. John og Torstein, dere tar turen ned til Per umiddelbart. Jeg har vært i kontakt med Kongsvinger politikammer men han har tatt seg en ukes ferie fikk jeg høre. Reis hjem til han nå, han er beklageligvis vår heteste kandidat. Og med tanke på de siste dagers omstendigheter så må vi jobbe raskt. Jeg ønsker også at dere avlegger Ola Sorknes et besøk på sykehuset. John og Torstein nikket og gikk ut av rommet, og videre ut på gaten. John tok en røyk. Fylte opp lungene med den sentdrepende giften den inneholdt. – Ja Torstein, nå er det bunn gass til Kongsvinger. Ingen tid og miste.

De svingte av riksveien retning Rymoen, kjørte under riksveien og kjørte langt over den lovlige fartsgrensen på 50, og Roverud dukket opp foran dem. De kom til krysset ved jernbanen da de så at overgangen var stengt pga en feil på signalanlegget. John gikk ut og forhørte seg med arbeiderne og fikk til svar at det tok et par timer å få problemet fikset. John og Torstein bestemte seg for å avlegge Ola ett besøk i påvente av at overgangen ble åpnet igjen. De kjørte langs Glomma og kjørte over nybrua som ligger midt i mellom Brusenteret og Kongssenteret. De kunne se sykehuset ruve oppe i åsen til Langeland. Problemet på dette sykehuset var parkering, uansett hvor man så var det fullt. Og uansett hvor man prøvde å parkere så var det feil i henhold til parkeringssoner. De gjorde det enkelt, satte bilen på plassen til blodgivere og la politimerket på dashbordet. De gikk inn hovedinngangen, og rett bort i informasjonen på innsiden, for å få informasjon på hvor han lå. De ble vist retningen til heisen og etasjen de skulle til. Vel oppe ble de geleidet inn på ett rom med to senger, hvor den ene med vindusplass tilhørte herren med bart. Ola gliste da han så dem komme: - Endelig lagt inn dere også, sa han med et glis. John og Torstein begynte å le. Ola hadde fått noen stygge brudd i føttene, og den ene lungen var blitt punktert. Flere skrubbsår så ut som et europakart i ansiktet hans, men motet hans var på topp. John tok frem en liten beholder fra lommen sin og viste den til Ola og Torstein. – Her er det noe jeg fant hjemme på loftet dagen etter at jeg ikke husker noe etter ett fall i trappen, tror vinen tok overhånd. Det er en lukt som jeg mener jeg har vært borti før, men husker ikke helt. Ola og Torstein brukte nesene sine. Ola følte kjennskap selv men kunne ikke helt erindre fra hvor, Torstein derimot hadde ikke mye spennende å komme med. Ola lå med benet høyt i strekk og prøvde å snakke om det som hadde skjedd i skogen. Han husket å ha sett noe der, som gjorde at han ble en for aktiv jeger og så ikke farene foran seg. Han husket at han plutselig ble alene da John hadde stoppet bak ham, men etter det var det helt blankt. – Det siste jeg husker, er at i det jeg gikk under så registrerte jeg at fellen ikke var gammel, det lå bare litt ny snø oppå den, så den har blitt laget for kun tre dager siden. Da kom den siste snøen vet dere. Noen var der ute for å stoppe oss John, vi er nærme ett eller annet. John tok seg til pannen og klødde seg. Kjente rynkene i ansiktet bli tyngre, følte seg sliten og svimmel. Han hadde aldri likt sykehuslukten noe særlig. Han reiser seg for å komme seg ut å få en annen lukt i systemet, men i det han kommer seg opp på to bein ser han kun stjerner foran seg før alt går i svart.

Han skrur av vannet i dusjen, tørker seg foran speilet før han trykker barberskum ut i håndflaten, han fordeler det jevnt ut i ansiktet før han lar høvelens skarpe blader ta håret raskt unna. Han tar på seg joggebuksen og en trøye og går ut i stuen. M P3 sin radiostasjon dundrer ut det siste av musikk. Han går mot soverommet og ser hun ligge der med svart blonde bh, gjennomsiktig g-streng og svarte strømper som stopper under knærne. Hun lar tungen leke med leppene sine, og han kjenner at kåtheten kommer stigende. Det er et herlig syn som møter ham, og han kjenner lysten langt ut i hårtuppene. Han ser den bleke huden mot det svarte, ser hvordan brystene duver under blondene. Han går rundt sengen og mot henne og bøyer seg ned for å gi henne et kyss. Plutselig blir alt lyst, han kjenner solen sine stråler presse seg bak øyelokkene, han prøver å vri seg unna, men klarer det ikke. Den ene hånden blir løftet opp for å skjerme mot lyset, og øynene hans hviler på plastarmbåndet rundt håndleddet. – God morgen John, hører han en vennlig stemme si. John titter på mennesket som snakket til han. Ei ung jente holder og fjerne gardinene ut mot parkeringsplassen, hun er kledd i hvitt fra topp til tå, hun smiler vennlig til ham. – Føler du deg bedre? Klar for litt frokost? John ser forfjamset på henne: - Frokost? Men hvordan har jeg havnet her? Han titter på seg selv og ser den lyseblå sykehusskjorten han ligger i, kjenner knitringen fra den ukomfortable sykehussengen. – Du besvimte fra oss i går, og det viser seg at du har fått et kraftig slag i hodet som har gjort at du har en lettere hjernerystelse. Vi valgte å ha deg til observasjon over natten. John sitt hode jobbet fortsatt med tid og sted, og fikk ikke helt ting til å passe. – Hvor er Torstein? Hun tittet på ham og smilte: - Han har sovet på en sofa på venterommet i natt, og har ventet på at du skulle våkne igjen, jeg går og henter ham. Hun gikk med raske skritt ut av døren, og John så ett fatt med fire halve brødskiver stod på bordet ved siden av seg. Tradisjonell sykehusmat tenkte han for seg selv. John satte seg opp i sengen og kjente at hodet var tungt, han satte en fot prøvende ned i gulvet og så den andre. Han følte at han gikk på en båt i høy sjø, og satte elegant noen kraftige sjøbein. Han følte seg som en høygravid dame med de stegene han tok. Hånden tok tak i metallhåndtaket som var på døren til klesskapet og dro den opp, han hentet ut klærne sine og rev av seg sykehus antrekket. – Jaså du er rastløs som vanlig ser jeg, synes klærne passet sinnsykt godt til deg. Blåfargen hever jo øyenfargen din betraktelig. John så på det smørblide ansiktet, og de perlehvite tennene som lyste mot ham. John lo. – Hatt en fin natt på sofaen du da? John smilte. – Nesten som hjemme det, sa Torstein. Søsteren kom inn på rommet igjen: - Hvor skal du? Du kan ikke reise før legen har kommet, sa hun i en skarp tone. John så på henne, rev av seg plastarmbåndet: - Det er bare å be han ta kontakt når han ønsker, sa han og la armbåndet i lommen på overdelen hennes. Torstein smilte lett til henne og fulgte etter John ut i gangen.

Torstein satt ved rattet mens John var lydig passasjer da de satte seg i bilen. John mislikte det og ikke ha kontroll, men innså selv at han ikke var helt pigg enda. – Da er det Hokkåsen neste Torstein, vi avlegger Per visitt, en dag for sent. Torstein nikket og de rullet ut i trafikken.

Det brune huset til Per lå 500 meter fra krysset i retning Nor på Hokkåsen. Skogen ga det ryggdekning på den ene siden, mens en liten løe stod nedenfor og ønsket dem velkommen. De stoppet på plassen foran huset og bilen til Per. De så at frosten hadde lagt en kald hånd på bilen, et tegn på at den hadde stått en stund. Torstein ringte på dørklokken og ventet, men ikke noen kom for å åpne. Han sjekket om døren var låst, men den gled opp uten noen besværligheter. – Hallo, Per? Er du hjemme? Fortsatt helt stille. Det var mørkt innover gangen og John testet lysbryteren men det skjedde ikke noe. De gikk forsiktig mot trappen, og testet bryteren som var på veggen ved det nederste trinnet, heller ikke noe lys her. – Det må være sikringen hans, sa John. De gikk pent opp trappen, og kom opp i stuen, de ropte igjen men fortsatt ikke noe svar. John gikk mot balkongdøren og tittet opp mot skogholtet.

Han så spor i snøen ute, og så en kabel ligge og slenge løst på snøen.

Han åpnet døren og tittet opp mot takesset, og så at kabelen som skulle gå inn over loftet var borte. Bare en liten koblingsboks stod igjen der oppe, mens resten av kabelen lå helt ensom nede på det kalde hvite teppet. Noen hadde kappet strømmen hans tvers av. Torstein og John hastet igjennom huset, og saumfarte rom for rom uten å finne noe som de kunne sette fingrene på. De gikk ut igjen og så flere tråkk ved døren og mot bilen til Per. De så spor som beveget seg mot skogen, til og fra. John stoppet ved bilen og så noe på vinduet. Noen hadde skrevet noe i frosten. Han prøvde å tyde det, og noterte det ned på blokken han hadde i lommen. *Tusenårsvinteren legger beslag på alle dem som våger seg imot meg...* Han så forbløffet ned på blokken sin og vinket Torstein til seg. – Vi må åpne bilen, er du klar? Torstein nikket. John rev i håndtaket og døren gikk opp med et hvin. Per satt henslengt bakover, med åpen munn, og skremte matte øyne. Blodet som var frossent hadde laget mønster nedover magen og dannet en frossen innsjø i mellom bena hans. Klærne hans var borte, og kroppen avslørte kuttskader fra topp til tå som om morderen ønsket å drenere ham for blod. Og det hadde han klart. Små frosne elver av blod hadde rømt fra hvert ett sår på kroppen. Og ordet MIN var risset inn på magen hans. Johns tanker raste igjennom ham, han kjente sinnet rase og smerten øke. Han enset ikke Torstein som pratet til ham. Han var i et vakuum, som en gullfisk i en bolle. Det var ikke mulig å høre noe, nye tanket kom hvert tredje sekund. Alt var nytt og uprøvd. For hvert tredje sekund opplevde han synet på ny. Sårene og blodet, nakenheten og redselen. Han opplevde tusenårsvinteren på sitt aller verste. Han enset ikke sirenene som dukket opp i det fjerne. Han kjente ikke armene rundt seg og den opphissede stemmen til Torstein. Han kjente bare på smerten og frykten, og kulden som gjennomboret all fornuft.

26

Depressive syndromer er kjennetegnet av senket sinnsstemning, mindre glede eller interesse for ting som en før var opptatt av og mindre energi enn vanlig. I tillegg pleier pasientene sove mye mindre eller mye mer enn vanlig, ha dårlig eller mye bedre matlyst, lite tiltak og initiativ og problemer med hukommelse og konsentrasjon. Noen har psykomotorisk hemning der det går tregt med tanker, tale og bevegelser. Det er vanlig med nedsatt selvtillit, som kan utvikle seg til vrangforestillinger om skyld, synd og fortapelse, og tanker om død og selvmord. Mange pasienter, særlig i allmennpraksis, har somatiske plager i form av smerter, brennende tunge og lite krefter. Finner en ikke somatiske årsaker, bør en vurdere om en depresjon kan ligge bak.

Torstein og John sitter og ser på tavlen Nilsen har funnet. Her har han skrevet opp alt vedrørende saken og det går streker på kryss og tvers. Strekene symboliserer eventuelle likheter eller fellesnevnere. Dette er en amerikansk måte å jobbe på hadde Nilsen sagt til dem da han begynte å kludre med tusjen på tavlen. Nå virket alt som et sammensurium, i likhet med et garn nøste. John speider ut av vinduet og går igjennom saken i hodet. Han sorterer alle inntrykk som han har fått. Det eneste han ikke kan plassere er funnet hjemme hos seg selv. Hva var den lukten? Han reiser seg opp og ser på Nilsen. Nilsen ser på ham og setter seg ned på stolen. John snur tavlen så baksiden kommer frem. Han ramser opp alt i saken fra a til å. Den røde tråden han har funnet er sjalusi. - Alle har blitt drept på grunn av sjalusi, så enkelt er det. Alt starter med forsvinningen til Kåre Abrahamsen, alle spor stopper ved Finnskogen. Så er det Marit Jensen sin tur. Hun forsvinner fra sitt hjem på Svullrya, og vi finner en del av henne, nemlig foten i ett falleferdig torp på Finnskogen. I følge hennes nabo hadde hun mannlige besøk når hennes kjæreste var borte. Den neste som forvinner er Leif Leknes, sjefen til Marit og Kåre. Etter mengdene med blod utenfor hans hjem, og funnet av hans penis i hjemmet til Marit Jensen, så er han også tatt av dage. Finnskogen er sentral her også, siden hans hjem lå midt i skogen. Så er det Lars Børli, kjæresten til Marit Jensen. I følge tekniske spor så var det hans hånd jeg fikk servert på kontoret i en pakke sendt i posten. Han forsvant fra sin søsters hjem, og dukket opp i biter her. Bøker og prosa om Finnskogen ble funnet på hans rom. Så kom meldingen om at også kroppsdeler fra Kåre har dukket opp, så den forsvinningen har blitt til en drapssak. Den siste som vi har kommet over er Per Andersen hos Kongsvinger politi. Han ble funnet drept utenfor sitt hjem på Hokkåsen, med Finnskogen som nærmeste nabo. Det viser seg at han etter en fortrolig samtale med meg, hadde fattet interesse for Marit Jensen. Han var forelsket i henne. Han hadde til og med møtt opp på kontoret på hennes arbeidsplass og truet Leif Leknes til å slutte å se henne. Han visste hva som pågikk. Han tok rollen til Lars Børli som en sjalu make. Så det vil si at alle i denne saken har hatt en forbindelse til Marit. Hovedsakelig som elskere og kjæreste. Hun var en kvinne som spilte på sin kvinnelighet fullt ut, og fikk hvem hun ønsket når hun ønsket det, uten å vite hvor mye smerte hun ga menneskene rundt seg. Men når det kommer til Kåre, så har vi ikke noen bevis på at han har hatt et forhold til henne på noen måte, men sammenhengen her er felles arbeid. John tok en slurk av vannet på bordet.

- Men hva med søsteren til Lars? Hun har du ikke nevnt noe om?
- Jo Torstein nå skal du høre. Søsteren til Lars ble funnet partert i fryseren i sitt hjem, etter noe som virker som en grusom tortur. Da jeg gikk rundt i huset hennes og tittet så jeg ikke noen bilder eller noe av noe annet menneske enn seg selv. Hun virket veldig egenrådig. Og etter det jeg har skjønt likte ikke hun Marit Jensen i det hele tatt. Hun følte hun mistet sin bror, og samtidig hadde hun nok lagt sammen to og to i henhold til livet som Marit levde. Hun

følte nok selv at alt kretset rundt henne, og Marit fikk nok aldri noen sjanse til å vise hvem hun var som person for henne. Derfor har vi nok speilet i taket i kjelleren. Morderen tok frem dette for å vise oss at det eneste hun brydde seg om var seg selv, og det var det siste hun skulle gjøre i denne verdenen også. Så det vi sitter igjen med ett alt dette er en ting, sjalusi. Noen har drept disse menneskene på grunn av sin enorme sjalusi og eiersyke.

- Men hvorfor ble Marit drept da? Om denne person hadde lagt sin elsk på henne, hvorfor ble hun drept?
- Det kan være to ting tror jeg. Det ene er at når sjalusien tar overhånd så kortslutter alt i hjernen. Tanken på at noen skal leke med noe som man føler en enorm eiertrang til er vond. For eksempel ett barn har en leke som han forguder, og som kun han skal leke med. Han ser en dag att søsteren leker med, ja la oss si bilen. Han blir så sint og begynner å kjefte på sin søster og tar bilen fra henne. Han tar da bilen og gjemmer den en plass som ingen andre kan finne den, slik at ingen andre får lekt med den. Hos ett barn så skal det ikke mye til før de selv har glemt hvor leken er. En liten distraksjon kan være nok til at de glemmer hvor leken er. De har blitt så eiersyke til leken sin at ingen skal få kjennskap til den. Ergo ble Marit drept fordi personen

som drepte henne ikke ønsket at noen andre mennesker engang skulle se på henne igjen. Kanskje Kåre i denne sammenhengen ble drept fordi morderen trodde han hadde et godt øye til henne? Bare fordi de hadde samme arbeidsplass, så ble det hans bane. For det andre kan det rett og slett være avslag som har fått vår morder frem i lyset. Følelsen av å bli avfeiet av noen er vond, og for noen sitter smerten dypt. Tanken på at noen du bryr deg om ikke bryr seg om deg, eller vet at du lever i det hele tatt er vond å svelge. Da kommer tanken på at kan ikke jeg så kan jammen ikke de heller. Ergo drepe alle som har noe med Marit å gjøre på en eller annen måte slik at følelsen av å ikke bli godtatt blir borte. Den røde tråden er da eierskap og sjalusi.

- Men hvem har vi oversett?
- Det er akkurat der jeg står fast. Det er noe med det jeg fant hjemme hos meg selv. Det
- er en lukt der som jeg ikke kan sette fingeren på. Det er en lukt jeg har vært borti i det siste. Men jeg klarer ikke helt å få den frem. Men lukten av skog er der, den kjenner jeg. Og etter turen jeg hadde med Ola i skogen og det som skjedde der, så må vi ut dit igjen. For i skogen ligger svarene på alle spørsmålene våres. Til tross for all overtro

og frykt tilknyttet den skogen så skal ikke vår sak ende i den gaten. Har vi hørt noe mer fra Beate Abrahamsen?
- Nei.
- Da tar vi turen dit nå!

Nilsen så på dem begge, og så på sine egne skriblerier som nå så ut som en elendig barnetegning laget av en unge i en barnehage. Han så på John som virket mer selvsikker enn han kunne huske noen gang tidligere. – Bra John, jeg tror vi snart er der, det begynner å nøste seg sammen. John tittet på ham sa ingenting, og gikk ut av rommet med Torstein etter.

Beate Abrahamsen så blek ut da hun åpnet døren for dem. Man kunne se frykten ligge langt utenpå henne, og hun ville heller ligge i et mørkt hull og lukke verdenen ute. John kjente lukten av kaffe bre seg utover rommet. De satte seg rundt kjøkkenbordet. Det var rart åssen vi nordmenn var. Det er som regel kjøkkenet man havner på, stuen blir som en hellig del av huset. Kjøkkenet har blitt møteplassen. Beate helte den svarte kaffen i koppene til Torstein og John. John beskuet henne og kunne ikke se hun foretok seg en mine i det hele tatt. Hun satte seg ned på den ledige stolen som var vendt mot vinduet. Hun tittet ut som om hun ventet på noen. Øynene hennes lot til å lete over hele plassen ute, uten å finne noe de kunne hvile på. John tok en god slurk av kaffen, og innså for sent hvor varm den var. Han kjente det

brenne nedover halsen, og tok til å begynne å hoste. Han slo seg på brystet med den høyre hånden. Han slo og hostet i takt helt til han hørte lyden av knust glass innenfor jakken. – Pokker, har du noe papir fru Abrahamsen? Beate gikk mot benken og hentet noe papir og ga til John. Han takket så mye, og tok hånden innenfor jakken og tok ut restene av knust glass fra lommen og tørket opp det bløte med papiret. Han krøllet papiret sammen og la det på bordet foran seg sammen med glass restene. Beate så på papiret på bordet og skulle til å reise seg for å ta og kaste det i søpla. Hun kjente hvordan nesen vibrerte, kjente lukten trenge seg inn i neseborene. Ikke kraftig men med en lett strøm. Hun virket overrasket og tittet på de to betjentene. – Noe galt fru Abrahamsen, spurte John. Hun ristet på hodet: - Lukten, det er noe kjent med lukten. Lukten av skog, svette og en eim av etterbarberingsvann. Jeg visste ikke at
dere kjente Bjørnar. John sperret opp øynene, hjertet hamret i brystet på ham: - Mener du at dette er Bjørnar? Beate tittet opp på ham med et smil: - Ja det er det. Det er ikke til å ta feil av. Han har en særegen lukt den mannen. Skogens mann som han liker å kalle seg. Hun begynte å le. John tittet på Torstein og Torstein tittet tilbake på John. – Det var lukten Torstein, jeg visste den var kjent. Si meg fru Abrahamsen, har du sett Bjørnar i det siste? Hun tittet på ham: - Ja vi var på tur for ett par dager siden. Disse turene

er medisin for sjelen. De får meg til å glemme alt annet. Og Bjørnar har vært reneste psykologen min. Jeg har lempet ut all min frustrasjon på ham og han har tatt i mot, lyttet og gitt meg råd og tips.

- Har du noen gang snakket om Kåre med ham? Og om jobben til Kåre?
- Ja jeg har snakket med ham om alt jeg.
- Kan du huske å ha nevnt Marit Jensen?
- Marit? Ja den skjøga. Jeg likte ikke henne, hun la seg etter alt som kunne krype og gå. Jeg har alltid vært redd for om Kåre la seg etter henne. Jeg snakket med Bjørnar om det. Han hadde sett rart på meg da, og sa at han kjente henne godt. De hadde hatt en fortid sammen. Men rettferdigheten kom til å skje fyllest.
- Kjenner du til noen plasser ut i skogen han pleier å holde til?
- Ja han har jo et lite torp i skogen som har vært i hans familie i årevis. Det ligger inne forbi Svullrya, ved ett tjern der. Ingen naturstier går dit, så han er ganske så alene der ute, men han trives med det sier han. Vi snakket engang om faren for bjørn. Ja for det har jo vist seg at det er bjørn i disse skogene. Da bare smilte han og sa at

bjørnegropa var klar, og bjørnesaks hadde han om det trengtes.

John og Torstein takket for kaffen og gikk ut til bilen, de så på hverandre og visste ikke helt hva de skulle tro. – Faen Torstein, vi har ham, det er Bjørnar. Det må være han, han har jo til og med hatt en fortid med Marit. Vi må få ordnet med en kjentmann, vi må komme oss ut til dette torpet før han skjønner hva som er i gjæret. Det er vår tur nå Torstein, med våren så er det vår tur.

27

John og Torstein gjorde seg klare til skogstur igjen. De hadde kontaktet turistforeningen og fått med en lokal helt til å følge dem innover i skogen. Nilsen hadde vært helt i harnisk da John sa at de ville klare seg selv, slik at ikke Bjørnar eventuelt ble skremt av et stort oppbud. Men John hadde ikke brydd seg om hans utbrudd, han hadde nok med å nedlegge en morder som gjemte seg i disse mørke skogene. John beskuet på ny disse massive tretoppene som møtte ham, og han følte at det var enda tettere i mellom trærne enn før. Avtalen var at guiden deres skulle følge dem langs turistforeningens rute, og gi dem retningen de trengte utenfor ruten. Grunnen var at John ikke ville ha ansvaret for hans liv og helse på seg. John gikk i rygg på guiden, mens Torstein gikk sist og dannet baktroppen. John følte at noen tittet på dem, men kunne ikke se noe selv. Han følte den samme følelsen når han og Ola var ute her. Følte seg forfulgt. Etter omtrent en times gange innover i skogen i ulent terreng stoppet følget. Litt kaffe måtte til å varme frosne skrotter, hit men ikke lenger gikk også guiden, og han viste dem kursen videre innover i skogen. Selv ville han gå hundre meter videre langs stien og stoppe på en av hyttene der og vente på dem. John nikket ham farvel, og Torstein hang på innover i skogen. Det var tyngre og gå, snøen virket dypere og trærne gjorde alt enda mer uhyggelig. De hadde gått en drøy halvtime da et tak dukket opp i det fjerne. De stoppet og beskuet området rundt. John lyttet etter lyder som ikke hørte skogen til men hørte ikke noe. Han hadde bare på følelsen at noen fulgte dem, men fra hvor? De valgt å skrå nedover mot bekken som gikk igjennom skogen, for så å komme opp på baksiden av torpet. De så spor som hadde vandret ned til bekken og opp til hytta, de la seg etter i tråkket oppover. Det første de kom til var en liten løe, en bod, på størrelse med et lite soverom. På andre siden av tunet lå hovedhuset, og en liten bu som mest sannsynlig var en utedo. Det var helt stille rundt dem, kun solens stråler som varmet mot taket, som igjen lagde små klagelyder var det de hørte. De gikk i mot hovedhuset for å se om det var noen der, det kom ikke noe røyk ifra den lille pipen på taket så de regnet ikke med at han var her. De banket på døren, men det var ingen som svarte. De åpnet forsiktig og døren knirket noe fryktelig. Inne var det mørkt og støvete, lukten av svette og dårlig etterbarberingsvann møtte dem. Den samme lukten John hadde hatt i en liten flaske i sin lomme. Rommet virket kaotisk, det var ikke system å se på noe, det var lite og mørkt. Vinduene hadde ikke vært vasket på flere år, og alt virket nedslitt og gammelt. På det lille bordet under vinduet vendt mot den lille løen lå det en bunke med gamle blader og noen papirer som dreide seg om tomt inndeling for Finnskogen. Ikke noe nyttig for dem.

På veggene hang det skinnfeller av gamle jaktbragder og gamle våpen fra finnetiden. Fiskegarn dekket den ene veggen, nesten som ett museum. Torstein og John gikk ut i det skarpe lyset igjen. De speidet fra side til side, men det eneste de så var trærne som lente seg mot torpet fra alle kanter. De bestemte seg for å gå ned til den lille løa. Tjæralinen som lå som en tynn hinne på veggene hadde for lengst gjort jobben med å beskytte dem. Bordene nederst hadde sakte men sikkert begynt og råtne. Taket var skjevt, noe sikkert vinterfrosten hadde sin skyld i. Da de kom til døren kjente de en ubehagelig lukt komme mot i mot dem og flere musespor ledet inn i løen. De trakk pusten dypt og åpnet opp, stanken slo i mot dem. Og de så veggenes innside var kledd i en rød drakt. Overalt kunne de se at det dekket med rødt fra gulv til tak. Flere mus pilte av gårde i alle retninger, og kvalmen i kroppen kom snikende. De så kjøtt henge fra taket. Og rester av innvoller lå i en krok innerst i løa, her hadde musene ett gilde uten like. Det var ikke før de var kommet inn i løa og beskuet det tørkende kjøttet at de så hvilken type kjøtt det var. Skrotter etter flere mennesker hang fra taket. De kunne telle fire hoveddeler og mengder med armer og ben. Partert etter beste evne. Klær som var nedstanket i blod lå i en liten plastkasse på gulvet ved døren.

Torstein kastet opp midt i rommet, og han sprang mot døren for å komme seg ut i frisk luft. John følte seg som en gullfisk igjen. For hver gang han så på likene så var det nytt. Sjokket var like stort hver gang. Her var menneskene torturert til døde. Alt på grunn av et annet sitt menneske sin sjalusi, hevn og faenskap. Han så tauene med løkker i som hang fra taket, en buesag lå blodig på et bord inntil den ene veggen. Alt var så bestialsk, så grusomt, det var som tatt ut fra en helt elendig skrekkfilm, og dette var virkelig. John gikk ut døren lot lungene få et dypt tilsig av frisk luft, lot tankene bli klarnet på ny. Han bygde opp mot i kroppen, mot til å stå ansikt til ansikt med denne djevelske skapningen som har lekt med ham fra dag en. – JOHN!!! Skriket til Torstein gjennomboret alle lyder i skogen, og John fulgte lyden med øynene. Han så Torstein i skogen på jakt etter en skapning foran seg. Han kastet sekken og ga seg på jakt etter dem. – TORSTEIN! VENT, IKKE LA DEG LOKKE!! VENT!!! John kjente frykten over at Torstein skulle bli lokket i en felle som Ola ble. Han kunne høre de tunge pesene, og de tunge lydene av føtter i dyp, hard snø foran seg. – Torstein, gi lyd! John var redd, fryktet for at noe skulle skje Torstein. – NEEEEEIIIII! IKKE GJ… stillheten som fulgte smakte vondt. John fikk panikk. Han løp så han kjente blodsmaken i kjeften. Plutselig åpnet trærne seg helt og han kom ut på en lysning, han så noe ligge noen meter foran seg: -

TORSTEIN! pupillene hans videt seg ut, adrenalinet pumpet da han så Torstein ligge med ansiktet ned i snøen. John gikk ned på kne, og snudde ham rundt, en kraftig flenge i pannen gjorde ansiktet hans ukjent. Det røde blodet piplet ut av såret og gjorde alt det kalde varmt. Han tok noen fingre og prøvde å finne pulsen på halsen. Ja det var puls, han lever. Pokker ja... Han hørte lyder bak seg, men reagerte for sent, kjente to svære hender ta tak rundt halsen sin. Prøvde å presse alt liv ut av kroppen. John slo febrilsk bakover og dro godt over neseroten til Bjørnar. Bjørnar ynket seg og slapp taket. John kastet seg rundt, kjente fråden stod rundt munnen. Bjørnar gliste, la hodet på skakke og tittet på ham: - Jaså, du kan ta igjen? Trodde du var ferdig da jeg kastet deg ned trappen hjemme hos deg jeg. Men du er seig. Klarte ikke å skremme deg med pakken min engang. Men det var vel som forventet. Men kameraten din, han skal jeg love deg hadde panikk. Dæven trodde han skulle pisse på seg jeg. Den lille rund knulleren. Men du John Nor, du er ikke sånn du? Du har en og sånn skal det være? Hva var det hun het? Jenny, var det vel. Det var synd ikke hun var hjemme da jeg var der, kunne jo vært en fryd og ha sett hennes reaksjon egentlig. Bare tenk deg følelsen av at dine siste minutter på denne jorden er kommet. Føle deg jaktet til døde, tror ingenting slå det. Men å drepe for moroskyld er feil. Disse fortjente det. Falske var dem, rundbrennere, lysten lå langt utenpå gylfen deres. Og alle la seg etter min Marit. Hun var bare min hun, ingen skulle få henne på samme måte som jeg. Hører du det John, ikke engang du skulle få henne i live. Hun var bare min! HØRER DU!

John så på ham, knyttet nevene, så på hans isende kalde øyne som sprengte seg frem i den frostsprengte huden. – Og du John, tenk deg det, nå har jeg skogen og vinteren på min side. Tusenårsvinteren... Bjørnar gikk rundt John, gikk bakover mens han pratet og lo. Han åpnet jakken og dro frem kniven sin og kastet seg i mot John. John kastet seg ned i snøen, og prøvde å komme seg opp igjen, men kjente det kalde stålbladet sneie kinnet, smerten jaget inn i ryggmargen hans. Han skrek til, og så Bjørnar smile på ny. – Er du klar John, klar for å dø? Vil du som en mann, eller som en pysete drittunge? Valget er ditt. Bjørnar tok kniven i bladet og kastet den mot John. John rakk ikke å reagere før skaftet på kniven traff ham hardt i tinningen. Han lå på kne i snøen, da Bjørnar stoppet ved siden av ham, han løftet den ene foten og presset foten med all kraft på skulderbladet til John, John skrek alt han maktet. Han kjente det kalde stålet mot nakken, og fryktet at hans siste time var kommet, han kjente presset på bladet, og kjente noe varmt renne nedover nakken og rundt halsen, snøen under ham ble farget rødt. Bjørnar tok tak i benene hans og dro han ut på tjernet. – Nå skal du under isen John, skal nok bli godt med ett bad. Tenkte jeg skulle ta kameraten din tilbake til hytta etterpå og gjøre han klar for en broderlig deling om du skjønner? John klarte ikke å fokusere, kjente kvalmen i kroppen, frykten for at han skulle bli drept ute i skogen, uten å kunne si farvel til Jenny. Han hadde lyst til å gråte, men han ville ikke vise svakhet for Bjørnar.

Bjørnar hakket et stort hull i isen, akkurat stort nok til å få en mann nedi og få presset ham under isen. Han smilte for seg selv mens han kastet ett blikk på den livløse John. Han gikk med småskritt mot John, stoppet ved siden av ham og sparket små ertende borti ham. Ikke noe liv i det hele tatt. Han dro ham mot hullet, tok av ham trøya og lot knivbladet leke mot den nakne huden. Skar lette snitt i ham som ville gjort en kokk helt i ekstase. Men John lagde ikke en mine, Bjørnar ble redd for at han allerede var død. Det kunne ikke skje, han måtte være i live til han kom under isen. Han tok den ene hånden ned mot halsen for å kjenne etter pulsen. Plutselig kjenner han to hender rundt sin egen hals, kjenner de klemmer på med all kraft, han får kneet i mellomgulvet og faller om. John kaster seg oppå ham og smeller hodet hans gjentatte ganger i isen til han blir livløs. John begynner å gråte mens han ser mot himmelen. Skriker ut sin villskap. Han snur seg og stabber imot Torstein. Han blir overrasket av et brøl bak seg, og ser Bjørnar komme i mot ham med all kraft. John blir som en bokser, bøyer unna slagene fra Bjørnar, og sender noen kraftige støt i hans mage. John fortsetter støt for støt, Bjørnar vakler bakover og setter i et skrik da han går igjennom isen. John prøver å få tak i en hånd og holde ham på isen, men han når ham ikke, han ser den store mannen synke som ett krigsskip fra andre verdenskrig og blir borte. Det går flere minutter og ikke noe tegn til liv i det hele tatt. Etter vinter kommer vår sa John til seg selv da han gikk i mot Torstein. Til sin glede så han Torstein ha åpne øyne da han dukker opp. – Pokker John, har du blitt påkjørt av en buss? sier han og ler. John ler med ham, samtidig som han kjenner kroppen knekke sammen av utmattelse.

Etter vinter kommer vår

28

Måkene skriker sin ville glede, mens solen bader seg i det mørkeblå havet. Svabergene møter de mørkeblå linjene og glir i ett med horisonten. Vinden pisker deg lett i ansiktet, mens saltet planter seg pent på leppene. Kjenner roen tar over kroppen, og lar frustrasjonen synke ned i det dype blå. Hører bølgene slå inn på steinen under deg, hvisker til deg. Lokker deg ut i den svale fuktigheten, hører lyden av barn som ler, og hunder som bjeffer og båter som tøffer. Mens måkene synger sin evige sang...

Toget stopper på stasjonen og John blir revet ut fra drømmeland. Tenker igjennom denne marsmåneden som har gått, alt fra VM i Holmenkollen, med Northug og Bjørgen. Maset om strømpriser, og krisen i vannmagasinene. Om elendige norske vinterveier og trege brøytemannskaper. Om den evige kulden som har ligget over landet, om snakket om tusenårsvinteren. Den evige vinteren som kun kommer hvert tusende år. Har det virkelig vært en slik vinter, eller har vi den i vente? Endelig har solen kommet og lagt sitt lokk på den uvirkelige negative mars måneden. Han lengter til sommer og sol. Den kommer til slutt som alt annet. Men det skjer nok mye før den tid. John hadde strenet inn på kontoret til Nilsen og sagt han tok en ukes ferie, og at han bare kunne glemme å få tak i han. Nilsen hadde ikke fått svart før John var ute på gaten foran politistasjonen og tent en røyk. Han hadde ringt Jenny rett før og sa at han kom til å komme til Göteborg og møte henne der. Hadde trengt litt luft forandring hadde han sagt. Og nå var han her i Göteborg i Sverige, en liten ferietur unna Norge. Han gikk ut døra og så det varme smilet til Jenny som møtte ham. Han kjente freden og varmen strømme inn i ham på ny. Endelig var han hel igjen, og endelig kunne han glemme å være gullfisk, for nå skulle han ut av bollen og lære seg å leve helt på nytt igjen. For nå var det vår og snart står sommeren på døren og banker på. En rolig sommer, med glede og livslyst er det man kan ønske seg etter en slik vinter.

Tusenårsvinteren

Made in the USA
Lexington, KY
05 December 2015